U0117086

网页制作

三剑客

Dreamweaver
Flash
Fireworks
综合实例教程

■ 黄洪杰 主编

中国电力出版社
www.cepp.com.cn

内 容 提 要

本书以 Adobe 公司的网页制作三剑客 Flash、Dreamweaver 和 Fireworks 为依托，结合建立一个完整网站的实例，完全按照实际的操作流程，系统地介绍了网站的规划、设计和制作方法以及上传的全过程。

本书对学习者的计算机操作水平没有特殊的要求，从基础知识和基本操作入手，对于文字、图像、帧、层、超链接、样式、行为、AP元素、表单等网页元素的含义及应用作了详细的讲解，循序渐进地阐述各知识点，同时配有大量的图片，读者在本书的指导下能够自己建立简单的网站并制作和维护网页，学会申请域名、空间和上传网页。

本书可以作为职业学校或相关培训班的教材，兼顾了中专、职高、技校学生的能力特点和差异，淡化了各类中等职业学校的界限，也可以作为具有中等文化程度的学生、计算机爱好者和工程技术人员自学的参考教材。

图书在版编目（CIP）数据

网页制作三剑客Dreamweaver、Flash、Fireworks综合实例教程 / 黄洪杰主编. —北京：中国电力出版社，2009
ISBN 978-7-5083-8565-5

Ⅰ. 网… Ⅱ. 黄… Ⅲ. 主页制作－应用软件，Dreamweaver、Flash、Fireworks－教材 Ⅳ. TP393.092

中国版本图书馆CIP数据核字（2009）第031913号

中国电力出版社出版、发行
（北京三里河路6号　100044　http://www.cepp.com.cn）
北京丰源印刷厂印刷
各地新华书店经售

*

2009年6月第一版　　2009年6月北京第一次印刷
787毫米×1092毫米　16开本　12.75印张　305千字
印数0001—3000册　　定价 **24.00** 元

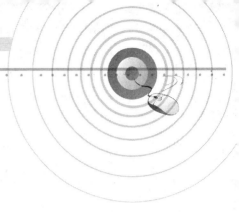

前 言

　　本书是为了满足"培养具有综合职业能力的高素质劳动者和中、初级专门人才"的需要，顺应市场需求的改变和技术的更新，以当前最常用的网页制作软件——Dreamweaver、动画制作软件 Flash 和网络图片编辑软件 Fireworks 为主体，编写的基础性、综合性教材。

　　本书兼顾目前中等职业教育的几种办学模式（中专、职高、技校）的特点和差异，淡化了各类中等职业学校的界限。同时适应了中等职业教育课程改革的需要，特别是面向学分制的模块式课程和综合化课程的需要，增强了课程的灵活性、适用性和实践性。本书的体系采用模块化结构、单元组合、任务驱动的模式，在每个单元学完后能掌握部分基本知识，学会一些操作技能，最后完成一个具体任务；通过将几个单元形成一个模块，几个小任务组合成一个大任务，并以完成任务为手段，实现教学目标。

　　本书的知识和技能体系按照由浅入深、先易后难的原则，增强了课程的灵活性和适用性。教材设计为六个模块，分别是网页制作前的准备、网页布局与规划、网页中图片的制作与优化、网页中动画的制作、网页的编辑、网页的管理与上传。其中，前 5 个模块为基础模块，网页的管理与上传为选修模块，可以根据实际情况酌情选用。

　　本书由黄洪杰老师担任主编，王钰老师和钱力老师参加了本书的编写工作。全书共分 10 章。内容主要包括：规划网站；在 Dreamweaver 中创建网站；在 Fireworks 中制作网站 LOGO；在 Fireworks 中制作网页背景；在 Flash 中制作动画 Banner；在网站中建立超链接；应用 CSS 与行为；AP 元素与时间轴；为网页添加表单元素；上传网站。其中第 1、2、3、5、6、9、10 章为本书的重点。

　　编者意在奉献给读者一本实用并具有特色的教学和培训用书，但由于水平有限，难免有不妥之处，敬请广大读者批评指正。

编　者

2009 年 2 月

目　录

前言

第一章　规划网站 ………………………………………………………………… 1

　　第一节　网站与网页 ………………………………………………………… 1

　　第二节　网页编辑工具 ……………………………………………………… 3

　　第三节　规划网站 …………………………………………………………… 6

　　习题 ………………………………………………………………………… 11

第二章　在 Dreamweaver 中创建网站 ………………………………………… 12

　　第一节　创建网站 …………………………………………………………… 12

　　第二节　网页的表格布局 …………………………………………………… 25

　　第三节　网页的框架布局 …………………………………………………… 33

　　第四节　使用布局视图完成网页布局 ……………………………………… 38

　　习题 ………………………………………………………………………… 42

第三章　在 Fireworks 中制作网站 LOGO ……………………………………… 43

　　第一节　LOGO 的相关知识 ………………………………………………… 43

　　第二节　在 Fireworks 中制作 LOGO ……………………………………… 45

　　习题 ………………………………………………………………………… 55

第四章　在 Fireworks 中制作网页背景 ………………………………………… 56

　　第一节　在 Dreamweaver 中设置网页背景 ……………………………… 56

　　第二节　在 Fireworks 中制作背景图片 …………………………………… 60

　　第三节　将图片应用到网页中 ……………………………………………… 64

　　习题 ………………………………………………………………………… 71

第五章　文本与动画 ……………………………………………………………… 72

　　第一节　网页中的文本设置 ………………………………………………… 72

　　第二节　在 Flash 中制作动画 Banner …………………………………… 79

　　习题 ………………………………………………………………………… 90

第六章　在网站中建立超链接 …………………………………………………… 91

　　第一节　建立文本超链接 …………………………………………………… 91

　　第二节　建立图片超链接 …………………………………………………… 98

　　第三节　书签 ……………………………………………………………… 101

　　第四节　应用 Flash 文本和 Flash 按钮 ………………………………… 104

习题 ··· 110

第七章 应用 CSS 与行为 ··· 111

第一节 在网页中应用 CSS ·· 111

第二节 在网页中使用行为 ·· 118

习题 ··· 128

第八章 AP 元素与时间轴 ·· 129

第一节 应用 AP 元素 ·· 129

第二节 AP 元素与时间轴配合使用的动态效果 ·· 134

第三节 制作浮动广告 ··· 149

习题 ··· 156

第九章 为网页添加表单元素 ··· 157

第一节 创建表单网页 ··· 157

第二节 创建留言簿 ·· 164

习题 ··· 169

第十章 上传网站 ·· 170

第一节 设置 Web 服务器 ·· 170

第二节 网站中文件的管理 ·· 172

第三节 网站域名和空间的管理 ··· 179

第四节 在 Dreamweaver 中上传网页 ·· 182

第五节 使用 FTP 软件上传网页 ·· 186

习题 ··· 191

附录 常用网站地址一览表 ·· 192

第一章

规 划 网 站

第一节 网 站 与 网 页

一、基本概念

当我们在网上浏览时，输入网址后见到的每一个页面都可以称之为网页。网页的内容可以是文字、图片、动画，甚至视频，彼此之间依靠超链接相连接。超链接是一种非线性的联系方式，它的使用使得网页之间的联系呈现发散状的几何级效果，信息量呈爆炸状分散和衍生，让人们可以非常方便地查找到自己需要的信息。而正是千千万万个网页组成了色彩斑斓的因特网世界，成就了因特网迅速占领媒体世界的传奇。

那么该怎样给网页一个准确的定义呢？简单地说，网页就是把文字、图像、图形、声音、动画、视频等多种形式的信息，以分布在因特网上的各种相关信息，相互链接起来而构成的一种信息表达方式，如图 1.1 所示。

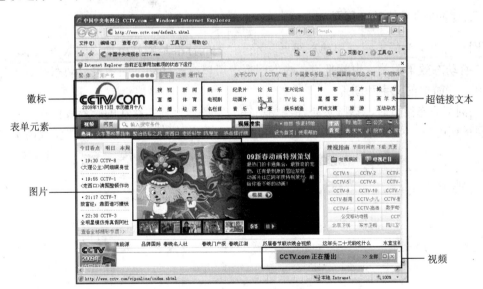

图 1.1 网页由许多元素构成

虽然网页是我们在因特网上浏览的主体，但它要完整、生动地展现出来还需要一些程序和文件的支持。例如，在网页中出现一段 Flash 动画，就需要相关的 Flash 播放程序的支持。而一些具备查询功能的网页，显然也离不开后台数据库的大量信息作为支撑。网页、支持网页各种效果的程序文件、数据文件，甚至说明文档的集合，就是我们常说的网站。

进入网站后显示的第一个画页，我们称其为"主页"。主页就像一本书的目录，它是所有网页的索引页。通过单击主页上的超级链接，可以打开这个网站中的其他网页。正是由于主页在所有网页中的特殊作用，也有人将编辑网页称为制作主页。

二、网站工作原理

计算机网络有三种工作模式，即对等网模式、客户机/服务器模式和浏览器/服务器模式。我们在因特网这个最大的计算机网络上浏览网页时，采用的就是浏览器/服务器模式。

采用浏览器/服务器模式时，客户机通过浏览器软件接收用户输入的服务请求并把它发送给 WWW 服务器，WWW 服务器再把这个服务请求发送给相关的服务器（如数据库服务器、电子邮件服务器），由相关的服务器向用户提供相应的服务。图 1.2 显示了采用浏览器/服务器模式的图书管理系统的检索过程。

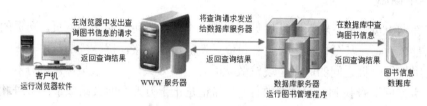

图 1.2　网站工作原理

与客户机/服务器模式相比，浏览器/服务器模式用浏览器软件完成客户端的工作，其显著的优点是：省去了客户端软件，当进行软件升级时，只需要更新服务器上的软件即可。

三、静态网页与动态网页

网页可以分为静态网页和动态网页，区分它们的标准是网站所使用的服务技术，与网页上是否有动态效果无关。也就是说，静态网页上可以有一些动态的效果，动态网页上也可以只是有一些简单的文字和图片。

在浏览静态网页时，该网页是在网站所在的服务器上真实存在的。当我们在浏览器上输入网页的网址时，网站服务器就将该网页下载到浏览器中并打开，供浏览者浏览，如图 1.3 所示。

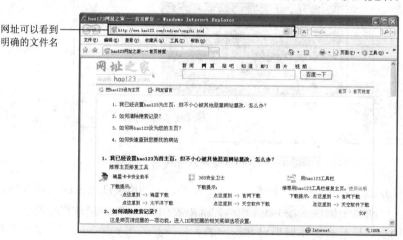

图 1.3　静态网页

在浏览动态网页时，那个网页可能并不是真实存在的，或者不是完整存在的。而仅仅是一个模板，网页中的一些内容来自数据库等信息源，由相关的网页程序来控制那些信息显示在模板的什么位置上。

支持动态网页的技术又分为客户端动态技术和服务器动态技术。客户端动态技术在显示网页内容时并不与网站服务器产生交互，而是将显示脚本程序嵌在网页文件中，服务器接受浏览器的请求发送网页后，脚本程序会自动运行并将结果显示在浏览器中。例如，网页中常见的 JavaScript、DHTML、Flash 就是客户端动态技术。而服务器动态技术在显示网页内容的过程中需要服务器和客户端的共同配合，服务器会根据客户端发来的参数运行相关程序，产生页面，然后再发送到客户端的浏览器上。例如，常见的 ASP 网页和 PHP 网页就使用服务器动态技术。简单地说，使用客户端动态技术的网页内容是在浏览者的电脑中组合而成的，而使用服务器动态技术的网页内容是在服务器中组合而成的，如图 1.4 所示。

网址不能看到明确的文件名

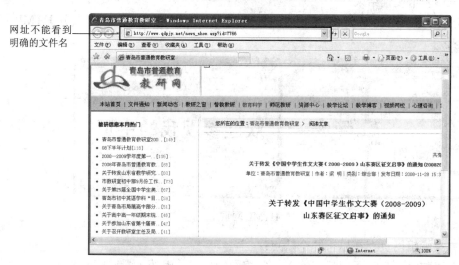

图 1.4　动态网页

目前网络中的网页大都采用动态网页技术，但由于使用服务器动态技术，往往需要后台数据库的支持，要涉及数据库操作的相关知识，所以我们在本章的操作中主要制作使用客户端动态技术的动态网页。

第二节　网 页 编 辑 工 具

一、HTML 语言

早期制作主页需要熟练掌握 HTML（Hyper Text Markup Language，超文本标识语言）语言。它只需要在一个简单的文本编辑器（例如，记事本）中单独输入一些特定的代码，然后通过浏览器进行解释、执行，就能成为大家平常看到的样子。

HTML 语言是一种超文本标记语言，它用来描述某个事物应该如何合理地显示在计算机屏幕上。也可以这么说，HTML 就是以特殊的标记形式存储为通常的文本文件。所以，我们能够用文本文件编辑软件打开 HTML 文件或编辑 HTML 文件。而要把 HTML 文件显示出来，必须借助 Microsoft Internet Explorer 或 Netscape Communicator 等因特网浏览器。

网页制作
三剑客
Dreamweaver、
Flash、
Fireworks
综合实例教程

除了用于控制文本如何在浏览器内显示外，HTML 还包括很多不同的组件。例如，我们可以随心所欲地在网页上添加对象、建立项目列表、创建表格，以及表单等。而它最大的功能就是：在世界范围内，通过超级链接，使当前网页与因特网上的其他网页连接起来。

其实 HTML 文件并不像我们想象的那样难于读懂，只是比较烦琐罢了。只要认真观察，就很容易发现各语句之间的规律。例如，我们要在网页上实现"欢迎参观我的主页"这句话为黑体 18 号字并居中显示，相应的 HTML 语句为：

```
<center><b><font face ="黑体"><font size=18>欢迎参观我的主页</font></font>
</b></center>
```

很容易读懂，句首的<center>表示居中，句尾的</center>表示居中结束；而表示粗体，与之相呼应；<font face ="黑体">表示文字为黑体，<font size=18>表示字体型号为 18 号，句尾的两个</font>表示设置结束。

如图 1.5 所示，左边是在记事本中编辑的 HTML 网页，右边是在浏览器中打开 HTML 网页的样子。

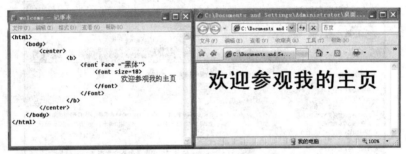

图 1.5　HTML 网页

HTML 语言来编辑网页存在以下几个缺点：

（1）在输入语句时，常常需要反复输入一些相同的格式，浪费大量时间和精力。

（2）在编辑器中无法准确地知道主页在浏览器中显示的样子，所以往往需要反复调试，非常烦琐。

（3）无法对多个网页进行管理，无法确知网页中的链接是否正确。

二、ASP 动态网页

ASP 并不是一种编程语言，而是由微软公司开发的一种服务器端脚本环境，其原理是通过在 HTML 页面中加入 VBScript 或 JavaScript 代码，由服务器执行程序命令，产生结果，显示在浏览器上的。

和 HTML 语言编辑的静态网页不同，ASP 网页不需要由浏览器来解释网页语言所要表达的内容，而是由网站服务器来解释相关内容，然后传送到浏览器端并显示出来。这避免了部分浏览器因为版本低而无法解释特殊代码，造成网页无法正确显示的情况。

以.asp 为文件扩展名，可以使用网页编辑软件进行制作，也可以使用记事本进行制作和修改。图 1.6 所示是一个非常简单的 ASP 网页，这个用记事本编辑的网页文件作用是显示当前服务器的系统时间。虽然文件在记事本中打开，但左上角的图标清楚地告诉我们这是一个以.asp 为文件扩展名的文件。

如图 1.7 所示，是将 ASP 网页发送到服务器上，然后用浏览器打开后的情景。可以发现其中的"当前服务器的时间为"几个字和图 1.6 中的文字相一致，而当前的时间应该和代码"<%=now()%>"有关。其实真正起作用的是"=now()"、"<%"和"%>"它的作用是将 HTML 语句和脚本命令区分开。

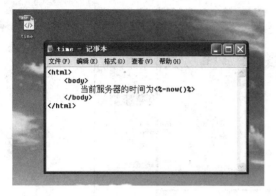

图 1.6　Asp 语句　　　　　　　　　　　图 1.7　显示当前的时间

每次打开这个 ASP 网页，网页上显示的时间都会不同，这就是称之为动态网页的一个直观原因。

三、网页制作三剑客

网页制作三剑客是指 Dreamweaver、Flash 和 Fireworks 这三个软件。它们原本是 Macromedia 公司的产品，被 Adobe 公司收购后，又陆续推出了三个软件的 CS 版本，本书就是以三个软件的 CS3 版本为依托，介绍建立网站、制作网页以及上传网站的方法。

三剑客在制作网页的过程中发挥核心作用的是 Dreamweaver，它负责了网站的建设、网页版式设计、网页的制作、网站的上传等工作。作为一个"所见即所得"的网页制作工具，它非常易于学习，很轻松就可以掌握简单网站的制作方法，但要制作一个优秀的网站，还需要其他两个软件的协助，如图 1.8 所示。

图 1.8　Dreamweaver 操作界面

网页制作
三剑客
Dreamweaver、
Flash、
Fireworks
综合实例教程

Flash 是三剑客中名头最响的一个软件，它在电脑动画制作领域一直备受青睐，几乎成了电脑动画的代名词。这个矢量化的交互式动画制作工具引领了交互式网络矢量图形动画制作标准。基于矢量，使得文件体积大大减小；采用流媒体技术，缩短了网络下载时间；强大的交互功能，创造了无限的创意空间，本书只介绍 Flash 的基本应用，如图 1.9 所示。

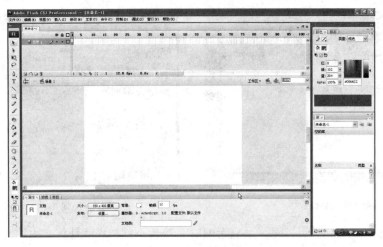

图 1.9　Flash 操作界面

Fireworks 是一个专业的网络图形处理软件，与 Photoshop 等图像处理软件不同，Fireworks 更注意对图形的网络优化和交互功能的支持。特别是和 Dreamweaver 的集成功能，极大地简化了网站的制作流程，在表格切片、图像映射方面有着独到的优势，如图 1.10 所示。

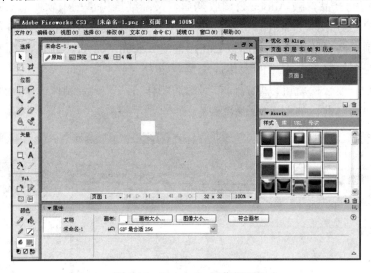

图 1.10　Fireworks 操作界面

第三节　规　划　网　站

一、网站规划图

在开始建立网站之前，首先要确定网站的主题，根据主题确定这个网站需要由多少个网页构成以及这些网页之间的关联关系等。

例如，为高一某班建立建立一个网站，我们可以在搜集相关的资料的基础上经过讨论，规划出相应的方案，画出如图 1.11 所示的规划图。

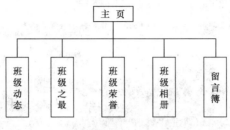

图 1.11 网站结构图

这个图叫"网站结构图"。在制作网站之前应该先出结构图，这样不但可以帮助规划网站结构，使网站条理清楚、主题鲜明，还可以确定各个网页的内容，方便大家思考各网页之间的链接方式。

二、规划网页布局

所谓网页的布局，通俗地说，就是确定网页上的网站标志、导航栏、菜单等元素的位置。不同的网页，各种网页元素所处的地位不同，它们的位置也就不同。通常情况下，重要的元素都放在突出的位置。

简单划分，网页的布局一般可以分为"厂"字形、"同"字形、标题正文型、分栏型、Flash 型和封面型等。下面我们一起浏览一些网页，了解各种网页布局类型的特点。

如图 1.12 所示是"中国环境在线"网站的首页。它采用"厂"字形结构，这种结构的特点是内容清晰、一目了然。网页最顶端是徽标和图片（广告）栏，下半部分的左边是导航链接，右边是信息发布区。

图 1.12 网页"中国环境在线"

7

如图 1.13 所示是"中华人民共和国教育部"的首页。这是"同"字形结构，是大型网站最常用的一种结构，其特点是超链接多、信息量大。网站的顶端是徽标和图片（广告）栏，下面分为 3 列，或者更多。两边的两列区域比较小，一般是导航超链接和小型图片广告等，中间是网站的主要内容，最下面是网站的版权信息等。

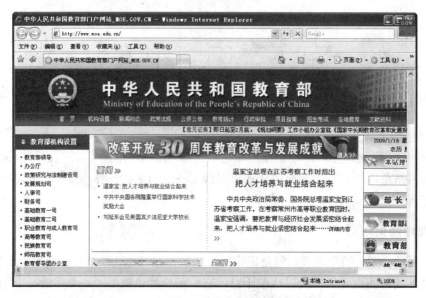

图 1.13　"中华人民共和国教育部"的首页

如图 1.14 所示是网站"百度"的首页。这种标题正文型结构顶端是网站标识和标题，下面是网页正文，内容非常简单。

图 1.14　"百度"的首页

如图 1.15 所示是"网易电子邮箱"网页。这种分栏型结构一般分为左右（或上下）两栏，也有的分为多栏。通常将导航链接与正文放在不同的栏中，这样打开新的网页，导航链接栏的内容不会发生变化。在 Web 型的电子邮箱中多见这种结构。

图 1.15　登录到网易电子邮箱中

　　如图 1.16 所示是一个使用 Flash 技术制作的个人网页，它完全模仿了 Windows 的桌面，让浏览者有一种不一样的感觉。这种 Flash 型结构采用 Flash 技术完成，其视觉效果和听觉效果与传统网页不同，往往能够给浏览者以极大的冲击。

图 1.16　使用 Flash 技术制作的网页

　　如图 1.17 所示是网站"天涯虚拟社区"的首页。这种封面型结构往往首先看到的是一幅图片或动画，在图片或动画的下面有一个进入下一级网页的超链接提示文字。其中图片或动画可以用 Flash 来制作，但与 Flash 型不同，这种结构并不是在 Flash 中完成的，而是在网页制作软件中完成的。

图 1.17　"天涯虚拟社区"的首页

试一试　　打开学校的网站、教育局的网站、市政府的网站、国家外交部的网站，分析这些网站大致属于哪种类型的网页布局。

在本例中，我们这样确定网页布局：网页的标题图案放在左上角，右边是一个图片栏，可以放广告；下面的部分按照内容划分为竖栏，输入文字或图片，如图 1.18 所示。

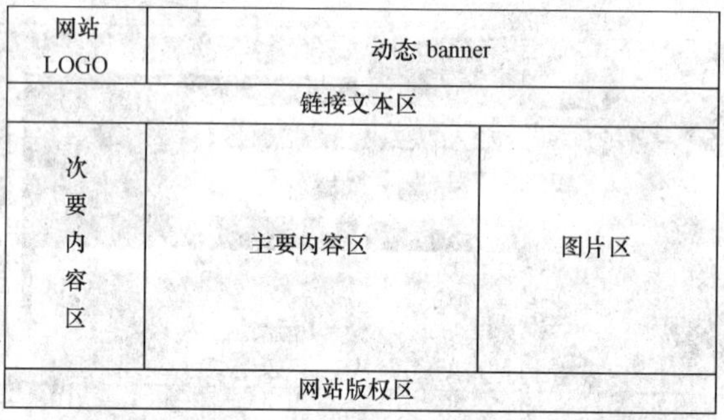

网站 LOGO	动态 banner	
	链接文本区	
次要内容区	主要内容区	图片区
	网站版权区	

图 1.18　网页布局草图

三、整理网站素材

通常，网页中除了文字之外，还应该包含图片、声音、动画等内容。这些资料都要在确定网站主题后、制作网页之前准备好，并存放在一个专门的文件夹中。如图 1.19 所示是为制作网站准备的许多资料，都分类存放在"网页素材"文件夹中。

这个素材文件夹中共有三个子文件夹。其中，"Images"文件夹中存放的是图片素材，"sound"文件夹中存放的是一些声音素材，"other"文件夹中存放的则是制作网页时需要的其他相关素材。

图 1.19 网页素材文件夹

做好这些准备，接下来就可以建立网站，制作网页了。

习 题

1. 网站、网页、主页三者之间是什么关系？
2. 静态网页和动态网页的主要区别是什么？
3. HTML 是什么含义？在什么软件中可以编辑 HTML 文件？
4. HTML 编写网页有什么缺点？
5. 用网页制作软件编写网页有什么优点？
6. 网页制作三剑客包括哪些软件？
7. 网页布局有哪些类型？

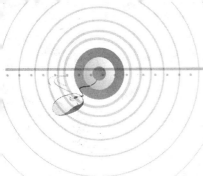

第二章

在Dreamweaver中创建网站

第一节 创 建 网 站

一、Dreamweaver 界面介绍

Dreamweaver 是一种"所见即所得"的网页制作工具，其对于 DHTML（动态网页）的支持非常好，可以制作出许多精彩的互动页面特效。目前，Dreamweaver 编辑软件是最热门软件之一，它凭借着巨大的技术优势一举击败了微软的 FrontPage，占领了网页制作的市场，也使得微软公司放弃了对 FrontPage 的更新，自 2003 版以后，FrontPage 退出了历史舞台。

下面用 Dreamweaver 建立一个空的网页，通过这一系列的任务，了解 Dreamweaver 的工作界面。

以 Windows XP 为例，单击任务栏上的"开始"按钮，打开"开始"菜单；将鼠标指针指向"开始"菜单中的"所有程序"，打开"程序"菜单；再单击子菜单中的"Adobe Dreamweaver CS"，启动 Dreamweaver，如图 2.1 所示。

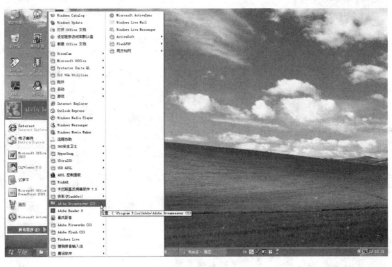

图 2.1　启动 Dreamweaver

第一次启动 Dreamweaver 时，会出现如图 2.2（a）所示的"工作区设置"对话框，让用户选择 Dreamweaver 的工作界面。在此使用默认选择，直接单击"确定"按钮即可。

接着屏幕上会出现一个欢迎画面，如图 2.2（b）所示。然后显示的是 Dreamweaver 的工作窗口如图 2.3 所示。

图 2.2 Dreamweaver 的提示窗口

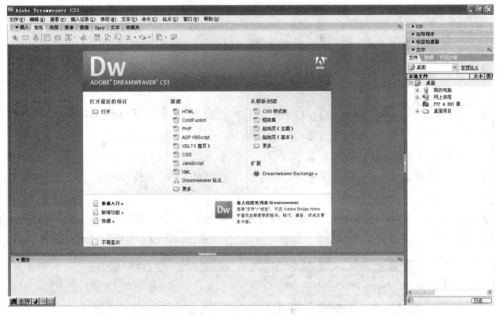

图 2.3 Dreamweaver 的工作窗口

首先映入眼帘的是一个 Dreamweaver 的起始页——欢迎屏幕，这是为方便网页制作者而设计的。在这个起始页，可以非常方便地打开、新建或者从模板中创建网站和网页。如果你不喜欢这个起始页，可以选中下方的"不再显示"，将它关闭。这时会弹出一个警告对话框，提示你如何再将这个欢迎屏幕打开，单击"确定"按钮可以经这个对话框关闭，如图 2.4 所示。

图 2.4 警告对话框

在欢迎屏幕中间"新建"区域单击"HTML"，可以看到 Dreamweaver 建立了一个空白的网页。此时，其工作界面也清晰地展示在屏幕上，如图 2.5 所示。

网页制作
三剑客

Dreamweaver、
Flash、
Fireworks

综合实例教程

菜单栏

"插入"
面板

网页编
辑区

"属性"
面板

浮动面
板组

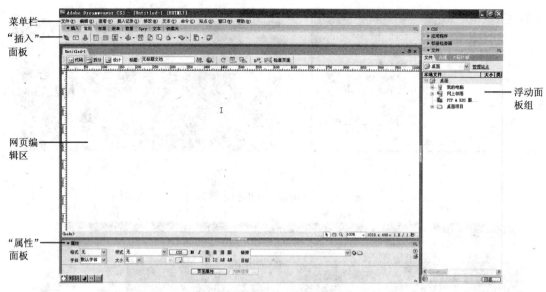

图 2.5　Dreamweaver 的工作窗口

第一次启动 Dreamweaver，千万别被上面密密麻麻的各种窗口吓倒，其实常用的只有几个。其中"插入"面板共有七个独立的选项卡，在网页编辑的过程中，可通过单击面板上的按钮来为网页添加相应的元素，如图片、表格、框架、Flash 等；"属性"面板则用于显示所选中的网页元素的属性，并可对该属性进行修改。各项具体功能将在以后的章节中分别介绍。

窗口的右边是浮动面板组，如果觉得网页的显示区域太小，可以单击浮动面板左侧的▶，关闭浮动面板，此时该按钮变成◀，如图 2.6 所示。单击◀可再次打开浮动面板。

图 2.6　关闭浮动面板组后的界面

为了节省显示空间，Dreamweaver 将其他面板都放在窗口右半部分，并采用了展开与折叠功能。单击▶可以展开面板，同时该按钮变成▼状，如图 2.7（a）所示；单击▼可以将面板折叠起来，如图 2.7（b）所示。

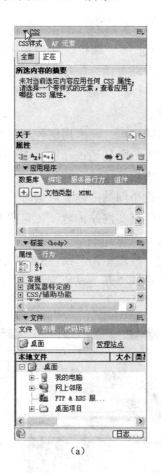

（a）

（b）

图 2.7 展开与折叠面板后的界面

"属性"面板位于操作窗口的下端，为我们正在进行的操作提供帮助。在 Dreamweaver 编辑区中移动光标，随着光标位置的不同，"属性"面板显示的内容也不同。单击"插入"面板中"常用"选项卡下的"表格"按钮，随便插入一个表格，将鼠标指针移动到表格的一个单元格中，"属性"面板的显示内容变成如图 2.8 所示的样子。

15

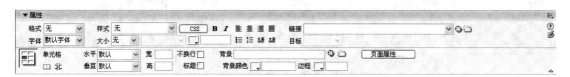

图 2.8 光标在表格中时"属性"面板的显示内容

单击"插入"面板中"常用"选项卡下的"图像"按钮，随便插入一个图片，单击鼠标指，选中图片，"属性"面板的显示内容变成如图 2.9 所示的样子。

图 2.9　选中图片后"属性"面板的显示内容

用鼠标单击菜单栏上的"文件"，在弹出的菜单中选择"关闭"，可以关闭打开的网页。如果打开别的网站或新建一个网站，原来的网站将被自动关闭。

二、建立站点

在上一节中，我们轻而易举地就建立了一个空白的网页，那么用这种方法建立多个网页是否就可以组成一个网站呢？这种方法是错误的。因为，即使通过超链接把这些网页链接起来也不能组成一个统一的整体，这会给网站的管理带来相当大的麻烦。

正确的步骤是：首先应先建立一个网站，然后在这个网站中建立网页，引入图片文件、音频文件、动画文件等支持网页正确显示的文件，逐渐充实网站内容，使它变得丰富多彩。这样建立的网站一直在整个系统的监视之下，工作效率也更高。

如果没有关闭欢迎屏幕，在欢迎屏幕中间"新建"区域单击"Dreamweaver 站点……"，或者在 Dreamweaver 工作窗口中，单击"站点"菜单中的"新建站点"命令，打开"未命名站点 1 的站点定义为"对话框，如图 2.10 所示。

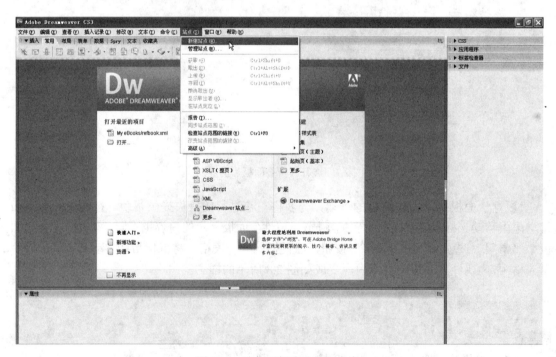

图 2.10　选择"新建站点"命令

在"您打算为您的站点起什么名字？"下面的文本框中，输入新站点的名称。在此我们输入"我爱我班"，如图 2.11 所示，可以发现，对话框标题栏上的"未命名站点 1 的站点定义为"变成"我爱我班的站点定义为"，如图 2.11 所示，然后单击"下一步"按钮。

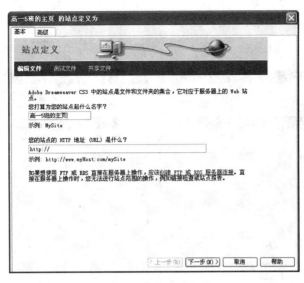

图 2.11 输入站点名称

此时进入如图 2.12 所示对话框，在此处可以选择是否需要使用服务器技术。目前在网页中常常会采用大量动态技术，像 ASP 等，而这些技术往往需要服务器支持，否则不能正常显示。本例只是要建立一个简单的网站，所以在此选择"否"。在后面的学习过程中，我们将修改站点设置，使它支持动态技术。单击"下一步"按钮，进入如图 2.13 所示对话框。

在如图 2.13 所示的对话框中要选择编辑网页的方式。本例采用默认方式，即先在计算机上编辑网页，完成后再上传到服务器上。在对话框下半部分"您将把文件存储在计算机上的什么位置？"栏，显示的是保存网站内容的文件夹，单击右侧的 📁 可以更改保存位置，也可以直接输入保存的位置。注意：保存网站的路径中不能含有中文，否则在插入 Flash 等动画时，可能会发生错误。图中输入的是"c:\myweb"，完成后单击"下一步"按钮。

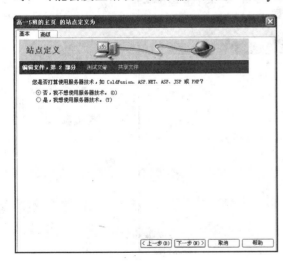

图 2.12 选择服务器技术

图 2.13 选择网页编辑方式

在如图 2.14 所示对话框中，单击"您如何连接到远程服务器？"下拉列表框右侧的 ▼ 按钮，从下拉列表中选择"本地/网络"方式；在"您打算将您的文件存储在服务器上的什么文

件夹中？"文本框内输入网站文件所在的文件夹名称，也可以单击文本框右侧的 按钮更改保存位置。完成后单击"下一步"按钮，进入如图 2.15 所示对话框。

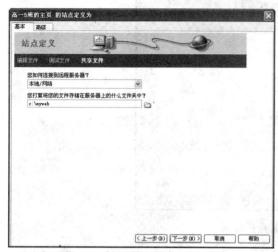

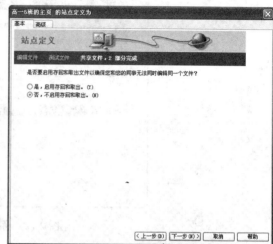

图 2.14　选择远程服务器方式　　　　　　图 2.15　选择存取方式

在如图 2.15 所示对话框中，可以选择是否让别人和你同时编辑同一个网页，该选项主要用于多人同时操作建立的大型网站。本例采用默认值"否"，单击"下一步"按钮，进入如图 2.16 所示对话框。

在如图 2.16 所示对话框中，显示了我们刚才对网站进行的设置内容。如果对设置不满意，可单击"上一步"按钮，返回前面的设置步骤重新设置。最后单击"完成"按钮，完成新建网站的操作，返回 Dreamweaver 工作窗口。

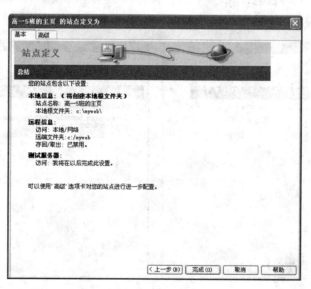

图 2.16　完成新建网站的操作

此时在窗口右端的浮动面板中，"文件"项自动打开，在"站点"选项卡中显示出刚才新建的网站，如图 2.17 所示。接下来就可以制作属于自己的网页了。

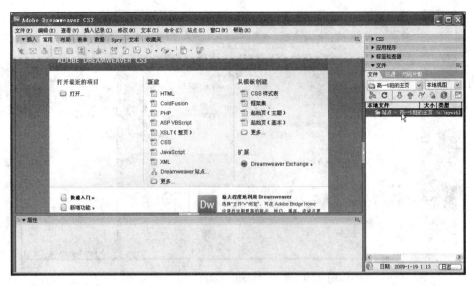

图 2.17　网站成功建立

三、在网站中添加网页

在浮动面板"文件"项的"站点"选项卡中，将鼠标指针移到站点名称上，单击右键，从弹出的快捷菜单中选择"新建文件"命令，如图 2.18 所示。则站点文件夹被展开，同时自动建立一个名为"untitled.htm"的网页，如图 2.19 所示。如果建立的网站支持服务器技术，则此网页名为"untitled.asp"。

网页建立以后，名称栏中的"untitled.htm"处在选定状态，可直接输入"index.htm"作为新的网页文件名，今后该网页将作为整个网站的主页。网站主页的名字通常都是"index.htm"或"index.asp"等。当我们在浏览器地址栏中输入网址按 Enter 键后，服务器就会自动查找并打开名为"index.htm"或"index.asp"的网页文件。

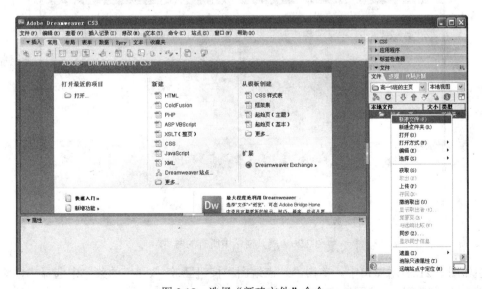

图 2.18　选择"新建文件"命令

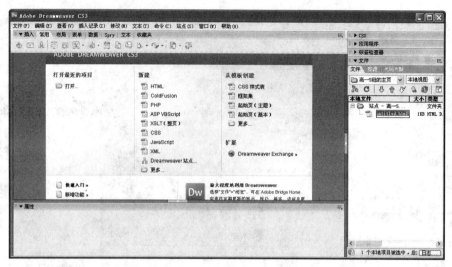

图 2.19　网页 "untitled.htm" 自动建立

在完成上述操作后，如果还需要为文件改名，只需要在浮动面板中单击该文件名，文件名就立刻变成编辑状态。而如果要删除该网页文件，只需要选中该文件，按下键盘上的 Del 键即可。

四、网站地图

站点地图可以清晰地显示网站中各个网页之间的关系，这种高度可视化的表现形式在制作网页数目繁多的网站中非常有用。在站点地图中也可以添加、删除、更改网站中网页的链接。

单击"站点"选项卡中的"展开以显示本地和远端站点"按钮 □，展开网站中所有的网页，窗口显示如图 2.20 所示。

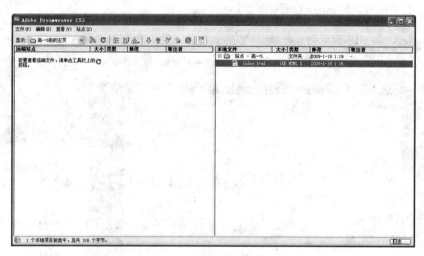

图 2.20　展开网站中所有的网页

在如图 2.21 所示窗口中，单击"站点地图"按钮 🏠，从弹出的菜单中选择"地图和文件"命令，打开"站点地图"窗口。

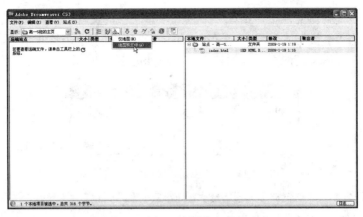

图 2.21　选择"地图和文件"命令

在如图 2.22 所示的窗口右侧文件列表中找到站点下的"index.htm"，用鼠标右键单击该文件名，在弹出的快捷菜单中选择"设成首页"命令，把"index.htm"设置为这个网站的主页。

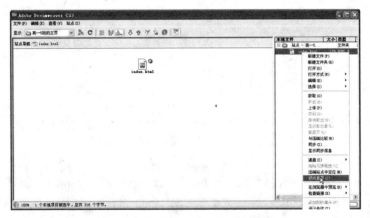

图 2.22　将"index.htm"设为主页

下面我们来新建主页下面的第二层网页，并确定各网页间的关系。在如图 2.23 所示左侧窗口中单击"index.htm"网页文件图标，选中该文件。在该文件图标上单击鼠标右键，在弹出的菜单中选择"链接到新文件"命令，如图 2.23 所示。

21

图 2.23　"链接到新文件"对话框

在弹出的"链接到新文件"对话框中，输入新建文件的文件名和网页标题等项目，如图 2.24 所示，其中的"链接文本"将来显示在主页上，在主页上单击这几个字，相应文件被打开。单击"确定"按钮，新网页文件被建立，结果如图 2.25 所示。

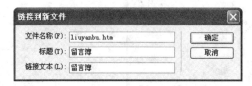

图 2.24 "链接到新文件"对话框

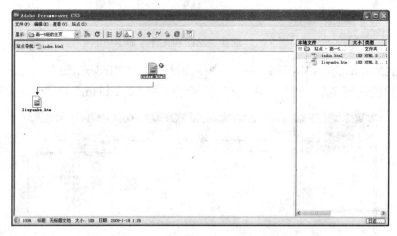

图 2.25 "链接到新文件"对话框

试一试 用同样的方法，使"dongtai.htm"、"zhizui.htm"、"rongyu.htm"、"photos.htm" 这 4 个网页图标出现在左侧窗口中并与"index.htm"相连接，结果如图 2.26 所示。

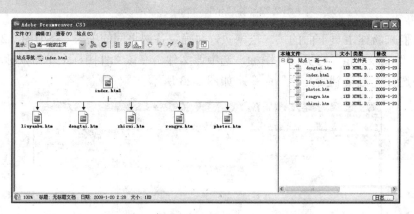

图 2.26 4 个网页与"index.htm"相连接

试一试 如果要删除站点中的网页，在网站文件列表中，选中欲删除的网页，然后按键盘上的 Del 键后，会弹出确认删除对话框，单击"是"按钮确认，此时网页被删除，同时网页间的链接关系也被删除。

可以看到，图 2.26 同我们前面画的网站结构图已经很像了。但网站结构图中显示的是网页的中文标题，这里显示的却是网页的文件名，网页的文件名一般采用英文和拼音，而且不能太长，所以不容易直观地显示网页的内容。接下来，我们就更改网页标题，并在站点地图中显示出来，完全实现网站结构图的效果。

网页标题又称网页名字，它指的是浏览该网页时显示在浏览器标题栏中的名字，而不是这个网页的文件名。

在"站点地图"窗口中双击"index.htm"网页文件图标，打开这个网页。单击窗口顶端的"标题"栏，将其中的"无标题文档"字样删除，输入"主页"两个字，作为网站主页的标题，如图 2.27 所示。

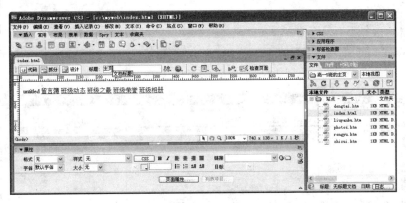

图 2.27 打开 index.htm 网页

此时，可以发现文件名选项卡上出现一个"＊"，这是系统在提醒我们，网页文件已经有更改，但还没有存盘。单击"文件"菜单中的"保存"命令，保存所做的修改，如图 2.28 所示。

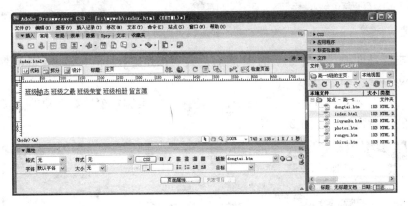

图 2.28 保存后的主页

在图中可以发现有一行蓝色文字："班级动态 班级之最 班级荣誉 班级相册 留言簿"，这是系统自动建立的超链接导航栏，如果在浏览器中单击这些文字，就可以打开相应的超链接。

导航栏就像矗立在公园门口的导游图一样，可以引导浏览者在公园里少走弯路，方便浏览者进出公园和搜寻自己希望看到的景观。导航栏有多种形式，如导航按钮、导航条、列表导航、图像映射导航、框架导航等。在后面的操作任务中，我们将删除它们，采用更美观的导航方式。

网页制作
三剑客
Dreamweaver、
Flash、
Fireworks
综合实例教程

再次打开"站点地图"窗口，单击"查看"菜单中的"查看网站地图选项"，如图 2.29 所示，最后选择"显示网页标题"命令，显示结果如图 2.30 所示。

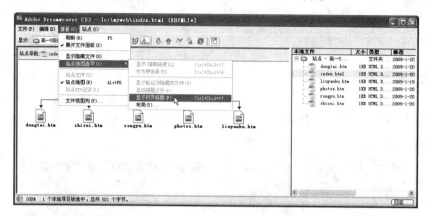

图 2.29　选择"显示网页标题"命令

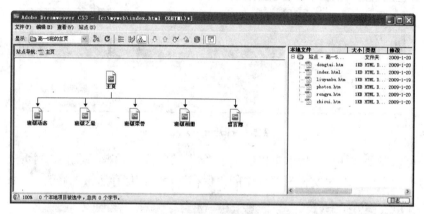

图 2.30　显示网页的标题

再次单击浮动面板"文件"下的"展开/折叠"按钮□，即可关闭"站点地图"窗口，返回 Dreamweaver 编辑窗口。

单击"文件"菜单中的"关闭"命令，或者单击网页编辑窗口右上角的■按钮，都可关闭这些网页的编辑窗口，如图 2.31 所示。

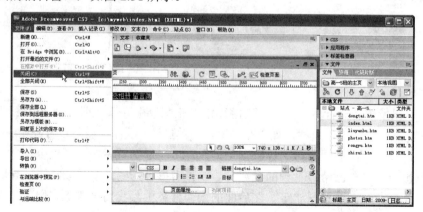

图 2.31　关闭网页的编辑窗口

单击 Dreamweaver 工作窗口右上角的按钮，退出 Dreamweaver，如图 2.32 所示。

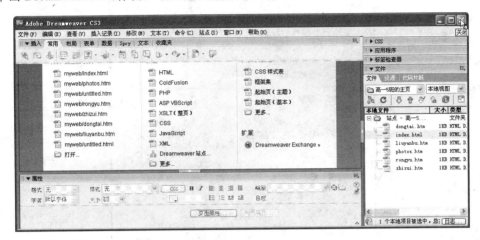

图 2.32 退出 Dreamweaver CS

第二节 网页的表格布局

一、在网页中插入表格

当我们打开 Dreamweaver 时，Dreamweaver 会自动打开上次编辑过的网站。然后在浮动面板中选择"文件"中的"站点"选项卡，双击网页文件"index.htm"，就可以将网页文件打开了。如果网站没有打开，可以移动鼠标到窗口右边的"站点"选项卡，单击▼打开下拉菜单，然后单击其中的网站名称即可，如图 2.33 所示。

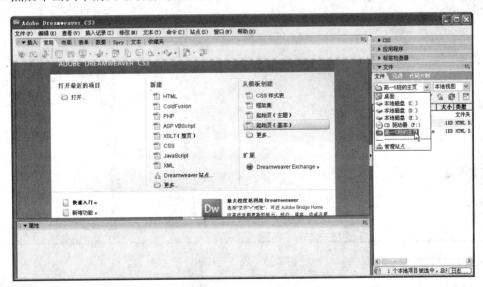

图 2.33 在"站点"中打开网站

打开网页文件以后，首先在网页中另起一行，确定光标的位置。然后单击"插入"面板的▦按钮，得到如图 2.34 所示的对话框。

网页制作
三剑客
Dreamweaver、
Flash、
Fireworks
综合实例教程

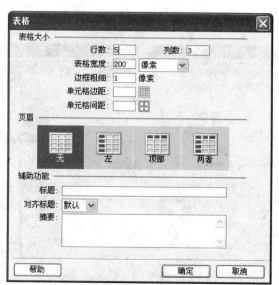

图 2.34 "插入表格"对话框

其中"行数"和"列数"是表格的大小；"宽度"指表格的宽度，单位可以是像素数或百分比。按像素定义的表格大小是固定的，而按百分比定义的表格，会根据浏览器的大小而变化；"边框"指表格线的宽度；"单元格填充"指单元格内文字与框线间的距离；"单元格间距"指各个单元格间的距离。所谓单元格，就是表格里面的每一个小格。

按照如图 2.34 所示进行设置后，就得到如图 2.35 所示的表格。

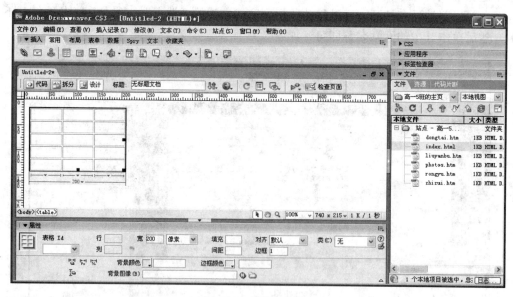

图 2.35 表格已插入

在默认情况下，表格的两列宽度是相等的，在本例中，我们希望表格两边比中间窄些。将鼠标指针移动到中间的框线上，当鼠标指针变成 ↔ 状时，拖动鼠标到合适的位置然后松开，如图 2.36 所示，列宽即随我们的调整而变化。

图 2.36　调整表格列宽

二、制作不规则表格

当表格制作好以后，由于各种需要，我们常常需要对表格进行调整。下面我们以在表格的下面添加一个新行为例，说明添加新行、新列的方法。

单击表格最下面一行，使光标出现在该行中。然后单击鼠标右键打开快捷菜单，移动鼠标指针到快捷菜单的"表格"上使之弹出子菜单，在子菜单中单击"插入行"，则插入一行如图 2.37 所示。

图 2.37　选择"插入行"命令

有时需要确定新插入的行与光标所在行的关系，在上面的操作中选择"插入行或列"，打开如图 2.38 所示的"插入行或列"对话框。

在"插入行或列"对话框里选中"行"，在"行数"右端的输入栏中输入"1"，然后选中"位置"右边的"所选之

图 2.38　"插入行或列"对话框

网页制作
三剑客
Dreamweaver、
Flash、
Fireworks
综合实例教程

下"。单击"确定"按钮，便在光标所在行的下面插入一行，结果如图 2.39 所示。

图 2.39　插入新行后的表格

 插入列的操作与插入行的操作基本一样，请大家自己做一做。

　　删除行的步骤也很简单，首先单击鼠标，使光标出现在被删除行中。然后单击鼠标右键打开快捷菜单，移动鼠标指针到快捷菜单的"表格"上使之弹出子菜单，在子菜单中单击"删除行"，则该行被删除，如图 2.40 所示。

图 2.40　删除行

和 Word 一样，我们可以对表格中的单元格进行合并和拆分操作，通过这些操作，可以将一个规则的表格变成一个不规则的表格。拖动鼠标指针同时选中两个单元格，移动鼠标指针到"属性"面板上，如图 2.41 所示，单击"合并单元格"按钮，则两个单元格被合并，结果如图 2.42 所示。

图 2.41 单击"合并单元格"按钮

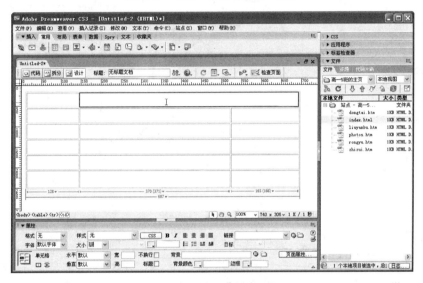

图 2.42 合并单元格后的表格

试一试 将合并的大单元格拆分为 2 个小单元格。首先单击鼠标，使光标出现在被拆分单元格中。移动鼠标指针到"属性"面板上，单击"拆分单元格"按钮，如图 2.43 所示，则打开如图 2.44 所示的"拆分单元格"对话框。

图 2.43 单击"拆分单元格"按钮

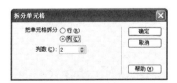

图 2.44 "拆分单元格"对话框

在"拆分单元格"对话框中选中"把单元格拆分"后面的"列"，在"列数"右端的输入栏中输入"2"。单击"确定"按钮，则该单元格被分为两个单元格，该表格恢复原状。

试一试　重复以上的操作，将表格制作成如图 2.45 所示的样子。

图 2.45　不规则表格

三、表格的嵌套

这一节里，我们要在第二行第一个单元格中再插入一个表格，用来存放与其他网页连接的一些文字，将来建立超链接后，可以通过单击这些文字打开相应的网页。

单击鼠标，将光标移动到要插入表格的单元格中，单击"插入"面板的 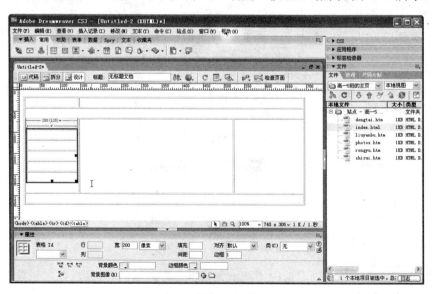按钮，打开"插入表格"对话框。输入"5"行"1"列，单击"确定"按钮，结果如图 2.46 所示。

图 2.46　嵌套表格后的表格

四、设置表格框线

对表格进行设置，主要是在"属性"面板中进行，需要注意的是选取表格与选取单元格时，"属性"面板的内容是不同的。在表格的"属性"面板中，能够设置框线的宽度、单元格间距，以及背景色等，下面进行具体说明。

将鼠标指针移到表格的外框线上，当鼠标指针变成 ✛ 状时，单击鼠标，选中整个表格。表格被选中之后，窗口下面的"属性"面板显示的是对整个表格的设置内容。如图 2.47 所示，在"属性"面板上可以更改显示的表格宽度是"100%"。"100%"的宽度的意思是不论浏览者打开的浏览器多大，表格都占满整个窗口。这个选项虽然在一些时候非常有用，但由于在实际中，表格宽度可以自由更改，所以使得网页布局不够统一，甚至使整齐的网页在一些高分辨率的计算机上显示得很凌乱。

图 2.47　选中表格后的"属性"面板

需要说明的是，表格被选中后，表格的外框呈黑粗线显示，同时出现 3 个黑色小正方形，将鼠标指针放在上面拖动，可以更改表格大小。由于目前计算机常用的分辨率为 800×600，因此我们可以将表格宽度设置为 780 像素，这样不论在哪台计算机上网页的显示都是一样的。

如图 2.48 所示，单击"宽"右边的 ▼，选择"像素"，然后将"100"改成"780"，在空白处单击鼠标可以发现，表格宽度发生了变化。

图 2.48　更改表格宽度

将表格框线的宽度更改为"0"，可以发现表格的框线变成虚线，这样在浏览器中，表格将被隐藏，如图 2.49 所示。

网页制作
三剑客

Dreamweaver、
Flash、
Fireworks

综合实例教程

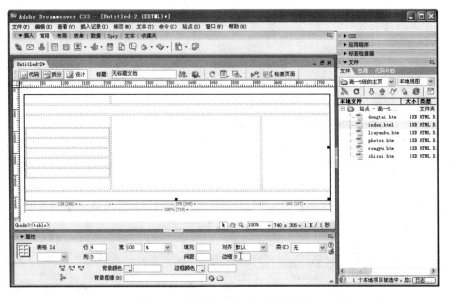

图 2.49　框线宽度为"0"的表格

五、使用表格规划网页布局

从图 2.49 可以看出使用表格规划网页布局的初步轮廓。

将嵌套的表格框线宽度更改为"0"，可以隐藏所有的框线，这样虽然表格将整个网页划分为多个区域，但在浏览器中，人们是看不到表格的。但现在看起来，表格有些扁，也不美观，等到输入相关文字和图片后，表格变高，网页就会好看些。

在各个单元格中，单击鼠标，出现光标后，利用回车将表格高度拉开，可以看到规划后网页的样子，如图 2.50 所示。

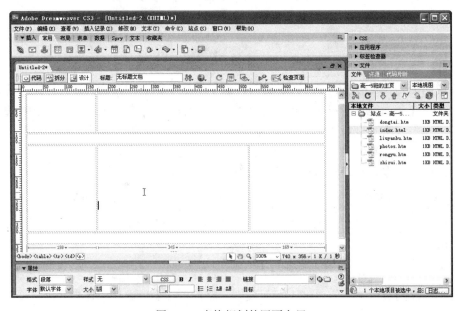

图 2.50　表格规划的网页布局

第三节 网页的框架布局

一、框架概述

与表格和布局表格不同，框架是通过将页面划分为几个区域，每个区域由一个网页来显示内容，从而实现对整个页面的布局。

框架的一个巨大优势是，当在一个框架页面中单击超链接时，可以在另一个框架页面中显示内容，而不需要将第一个框架页面中的内容再做一遍。这一点在服务性网站的页面中非常有用。

我们可以这样理解框架：一个框架由几个独立的页面组成。在一般情况下，这些页面只显示全部内容的一部分，我们可以通过滚动条浏览页面的全部内容。或者也可以说，框架实现了在一个窗口中浏览多个页面。

在学习表格时，我们知道用一个大的表格来规划网页，往往造成网页显示的速度比较慢。采用框架可以在一定程度上解决这个问题，它将页面分割为两个或两个以上的部分，各部分分别独立下载到本地计算机上并显示出来。这几个部分既互相独立，又可以互相链接，每一个部分的显示速度不受其他页面的制约，这使得页面更加生动。特别是，当我们打开网站内的超链接时，常常只需要更新一部分的内容，而不必将整个页面的内容都重新下载一遍，这无疑极大地节省了时间。

提供电子邮件服务的网页就采用了框架结构，如图 2.51 所示。当我们浏览不同的电子邮件时，主页的左端不发生变化。

图 2.51 网易的免费邮箱界面

二、框架的建立与保存

首先新建一个空白的网页，在该网页中，我们学习框架的相关知识。

在"插入"面板中的"布局"选项卡中单击"框架"按钮，在弹出的下拉菜单中选择"顶部和嵌套的左侧框架"命令，如图 2.52 所示。

图 2.52　选择"顶部和嵌套的左侧框架"命令

如图 2.53 所示，网页被分为三部分。系统要求为 mainframe，也就是最大的那个部分提供主题，输入"主内容区"后，单击"确定"按钮，该对话框被关闭。

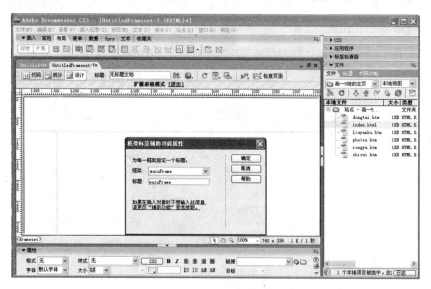

图 2.53　网页被分为三部分

在顶端中单击鼠标，可以发现 Dreamweaver 的标题栏中网页名字变为"UntitledFrame-2"，而左下方的网页名字为"UntitledFrame-3"，右下方的网页名字为原来的"Untitled-1"。每个部分有独立的名字，这便是使用框架与使用表格和布局表格的本质不同。

下面我们保存这个框架文件，要注意的是：框架的保存与单个网页的保存稍有不同，Dreamweaver 为每一个框架提供一个"保存"对话框。

单击菜单栏上的"文件"，可以发现"文件"菜单下的"保存"命令变成了"保存框架"和"框架另存为"等。单击"保存框架"命令，如图 2.54 所示，可以保存当前光标所在的网页。

图 2.54　单击"保存框架"命令

在如图 2.55 所示的对话框中，可以发现默认的文件名是"UntitledFrame-2"，这是因为当前光标在网页的顶端区域中。输入新的文件名，单击"保存"按钮，完成对该框架文件的保存。

图 2.55　保存左框架

35

改变光标的位置，可以激活其他区域，完成对所有框架文件的保存。

如果你觉得这样保存太麻烦，可以选择"文件"菜单下端"保存全部"，它会依次提示你为每一个没有保存的框架文件进行保存。注意：虽然窗口被分为三部分，却要保存四次，因为除了三个框架页面需要保存外，整个框架集也需要保存。

三、设置框架

通过框架创建向导，我们可以创建简单的框架，但在实际应用中，我们往往需要对框架进行修饰，使之更美观、更实用，也更富有个性化特征。

改变框架的大小是件非常容易的事，只需将鼠标指针移至框架的分界处，当鼠标指针显示发生变化时，将其拖至适宜的位置即可，如图 2.56 所示。

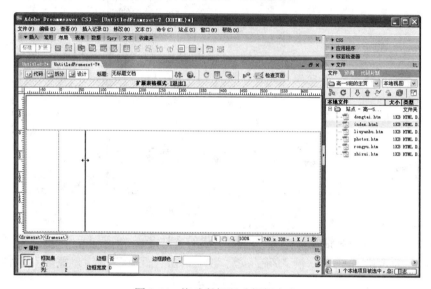

图 2.56　拖动鼠标更改框架大小

在默认的情况下，框架的框线是隐藏的，也就是说，在浏览器中是根本看不到框架存在的。下面的操作可以让框线显示出来。单击框架两个框架之间的边框，此时，框架边框上出现一行虚线。而窗口下面的属性面板变成框架属性的相关内容，如图 2.57 所示。

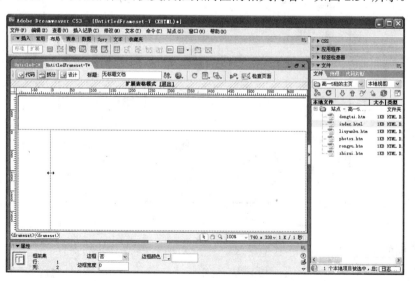

图 2.57　出现"框架属性"面板

在"属性"面板中，更改边框为"是"，边框宽度为"1"，如图 2.58 所示。

图 2.58　"框架属性"面板

如图 2.59 所示是框架经过设置后，在 IE 浏览器中的样子。

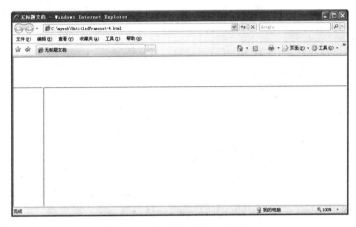

图 2.59　框架框线显示出来

四、使用框架规划网页布局

从图 2.59 来看，和我们规划的网页布局还有差距，框架的底部还应该有一个框架页面用于存放版权信息等。下面我们建立一个和规划相似的框架文件。

首先新建一个空白的网页。将光标置于顶端的框架文件中，单击"修改"菜单，在"框架集"的子菜单中选择"拆分左框架"命令，如图 2.60 所示。

图 2.60　选择"拆分左框架"命令

用同样的方法，将右下端的框架文件拆分成两个，调整框架文件的大小，可以看到和规划的网页布局非常相似，如图 2.61 所示。

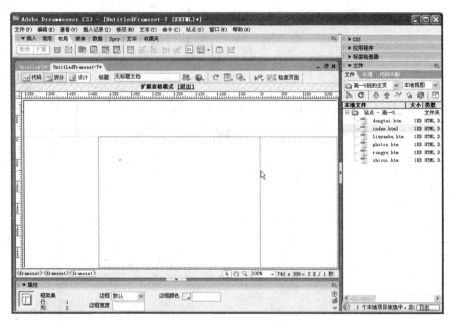

图 2.61　选择"拆分左框架"命令

框架具有许多优点，例如，访问者的浏览器不需要为每个页面重新加载与导航相关的图形，每个框架都具有自己的滚动条等。但它的缺点也同样明显，比如难以实现不同框架中各元素的精确图形对齐，有的浏览器不支持框架技术，框架中加载的每个页面的 URL 不显示在浏览器地址栏中，浏览者很难将特定页面设为书签等。

目前随着宽带技术的使用，特别是网页制作技术的发展，框架的使用率已经变小。特别是类似于本书实例这样内容比较简单的网页，所以对框架的介绍比较简单，在后面的实例中，也不再涉及框架网页的内容，而使用表格布局的网页。但作为网页制作的一项重要技术，我们有必要对它进行一定的了解。

第四节　使用布局视图完成网页布局

一、布局视图工具栏

布局模式是 Dreamweaver 早期版本中的一个功能，使用它可以非常方便地对网页布局进行规划，在完成规划后，还可以返回到表格这一大家熟悉的形式上。熟练掌握它，非常有益。

现在，在 Dreamweaver 中创建一个空白的网页，学习布局视图是如何完成网页的规划的。在"插入"面板中，单击"布局"选项卡，如图 2.62 所示。

图 2.62　"布局"选项卡

观察"布局"选项卡，可以发现"标准"按钮被按下，"标准视图"就是我们设计网站的普通视图。单击右边的"扩展"按钮可以进入表格扩展模式。表格扩展模式并不是我们在浏览器中见到的样子，它可以清楚地显示单元格间距以及表格边框，更加便于编辑操作。在这种模式下，我们可以选择表格中的元素或者精确地放置插入点。

　　观察"布局"选项卡，可以发现右边的"绘制布局单元格"按钮和"绘制布局表格"按钮是灰色的，不可用，要想使用它们必须切换到"布局模式"。在"布局"选项卡中没有提供"布局模式"的切换方式。单击"查看"菜单，在"表格模式"的子菜单中选择"布局模式"，如图 2.63 所示。

图 2.63　单击"布局模式"

　　切换到"布局模式"时，系统会弹出如图 2.64 所示的对话框，提示"绘制布局单元格"按钮和"布局表格"按钮的使用方法。

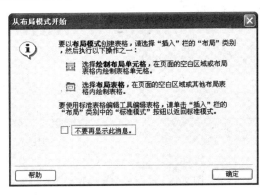

图 2.64　"从布局模式开始"对话框

　　单击"确定"按钮，可以关闭该对话框。如果不希望该对话框下次出现，可以在"不要再显示此消息"前的复选框内单击将其选中，然后再单击"确定"按钮。这时便会发现"布局视图"右边的两个按钮已经由虚变实，可以使用了。

二、使用布局视图规划网页布局

单击绘制"布局表格"按钮 ⬜，移动鼠标到编辑区，指针变成＋状，按住鼠标指针拖动，画出一个绿色的表格，编辑区顶端出现"布局表格"几个字，如图 2.65 所示。

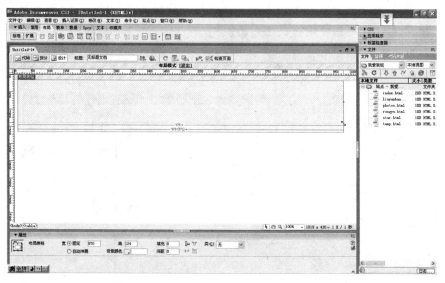

图 2.65　绘制布局表格

用同样的方法，在第一个表格的下面再画两个布局表格，结果如图 2.66 所示。

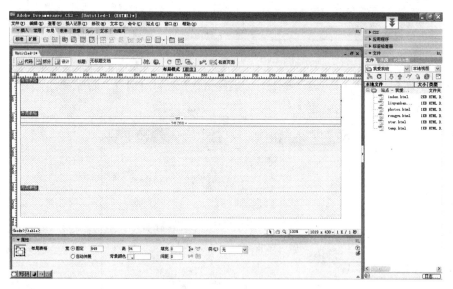

图 2.66　绘制 3 个布局表格

在最顶端的表格中将存放网站的标志图片（Logo）和其他图片，第二个表格将存放网页的主要文本，最下面的表格存放网站版权、电话等信息。现在 3 个表格都是灰色的，这是因为表格中没有单元格的缘故。

在"布局"选项卡中单击绘制布局单元格按钮 ⬜，移动鼠标指针，在顶端表格中画出一大一小两个单元格；在第二个表格中，画一大五小六个单元格；最后在下面一个表格中画出一个和表格一样大的单元格，结果如图 2.67 所示。

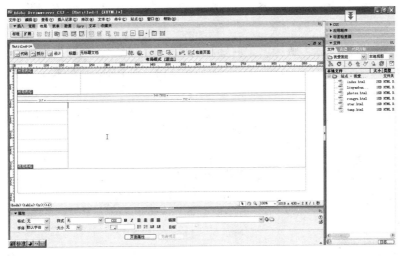

图 2.67 绘制布局单元格

这时，可以看到表格中的单元格都变成白色，单击鼠标，有光标出现。

如果对表格中各单元格的大小和位置不满意，可以进行修改。将鼠标移动到单元格框线上，这时框线颜色由绿色变成红色，单击鼠标，单元格框线变成蓝色，并出现 8 个正方形选取块。将鼠标指针放在正方形选取块上，鼠标指针变成双向箭头时，拖动鼠标即可更改单元格的大小，如图 2.68 所示。

在单元格变蓝时，拖动鼠标还能够改变单元格的位置。

在"布局"选项卡中单击"标准"按钮，返回"标准视图"，结果如图 2.69 所示。

图 2.68 更改布局单元格大小

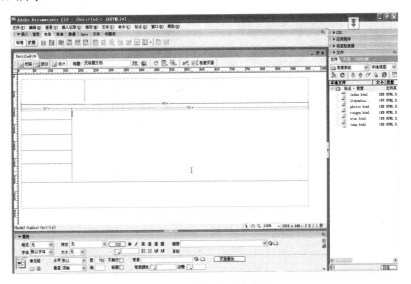

图 2.69 返回"标准视图"

表格在浏览器中显示时有一个缺点，即只有表格中所有的内容都下载完以后，表格里的内容才会显示，而不会下载一个显示一个。这样，如果表格里的内容较多的话，浏览者就要等待很长的时间才能看到网页的内容，这显然给浏览者一种网页太慢的感觉，从而影响网页的浏览率。

可以采用多表格的方法来解决这个问题。如此一来，每个表格的内容都不多，哪个表格的内容先下载，哪个表格就显示，不至于让浏览者对着空白的屏幕发呆。这也是在布局视图中画 3 个表格的原因。

习　　题

1. Dreamweaver 中"插入"面板有哪几个选项卡？
2. 如何从 Dreamweaver 的编辑窗口切换到"网站地图"窗口？
3. 网页标题与网页文件名有什么不同？
4. 怎样隐藏表格框线？
5. 怎样打开布局模式？
6. 使用布局模式规划网页布局有什么优点？
7. 为什么在使用表格规划布局时一般采用多表格的形式？
8. 框架与布局表格的最大不同是什么？
9. 保存一个由三个框架组成的网页时，需要输入几次文件名？

第三章

在Fireworks中制作网站LOGO

第一节　LOGO 的 相 关 知 识

一、网页上的图片

Internet 上应用最广泛的图片格式有三种，即 GIF 文件、JPEG 文件和 PNG 文件。

GIF（Grappler Interchange Format）图片文件是第一种被 WWW（World Wide Web）所支持的图形文件，它采用 LZW 压缩算法，存储格式为 1～8 位，最多支持 256 种颜色。另外，GIF 文件中的 GIF89a 格式可以存放多张图片，凭借这一功能，使其实现了简单的动画功能。GIF 文件体积相对较小，多数用于图标、按钮、滚动条和背景等的使用，如图 3.1 所示。

图 3.1　小巧的 GIF 文件

JPEG 或 JPG 称为联合图片专家组（Joint Photograph Expert Group）格式，它主要应用于摄影图片的存储和显示，是一种静态影像压缩标准。和 BMP 文件、GIF 文件不同，JPEG 文件采用有损压缩标准，即在压缩的过程中损失了一些图片信息，而且压缩比越大，损失越大。但这些压缩引起的信息丢失肉眼难以察觉。它是专为有几百万种颜色的图片和图形设计的，它在处理颜色和图形细节方面做得比 GIF 要好，因而在图片、复杂徽标和图片镜像方面使用

网页制作
三剑客
Dreamweaver、
Flash、
Fireworks
综合实例教程

得更为广泛。图 3.2 是一些 JPEG 图片。

图 3.2　色彩饱满、鲜艳的 JPEG 文件

GIF 文件和 JPEG 文件各有优点，采用哪种格式，应根据实际的图片文件来决定。这两种文件的特点对比如表 3.1 所示。

表 3.1　　　　　　　　　　　GIF 文件和 JPEG 文件特点对比

类型	GIF	JPEG/JPG
色彩	16色、256色	真彩色
特殊功能	透明背景、动画效果	无
压缩是否有损失	无损压缩	有损压缩
适用面	颜色有限，主要以漫画图案或线条为主，一般表现建筑结构图或手绘图	颜色丰富，有连续的色调，一般表现真实的事物

近几年，PNG（Portable Network Graphic Format）格式文件又开始流行。它的特点是：只需下载图像的 1/64，就可以在网页上显示一个低分辨率的图片，随着图片信息的下载，图片也越来越清晰。对于网络日益拥挤的今天，这种图片格式显然更受欢迎。

二、LOGO 的作用

LOGO 可以翻译成标志，是表明事物特征的记号。它的英文意思就是商标或公司名称的图案字和标识语。它以单纯、显著、易识别的物像、图形或文字符号为直观语言，除标示什么、代替什么之外，还具有表达意义、情感和指令行动等作用，如图 3.3 所示。

LOGO 在网页中作为独特的传媒符号，是一种传播特殊信息的视觉文化语言。在网站中的作用体现在树立形象、传递信息以及品牌拓展这三个方面。通过对标识的识别、区别、引发联想增强记忆，促进网站与访问者的沟通和交流，从而使 LOGO 被访问者认知、认同，达到提高网站知名度、美誉度的效果。

图 3.3　新浪网的 LOGO

LOGO 常常代表一个网站的形象，它代表网站的整体风格，特别是对于企业网站来说，LOGO 就是一个品牌形象。所以，LOGO 对一个网站的形象起着非常重要的作用。而同时也担负着传递信息的作用。如一个网站被链接到另一个网站往往是单击该网站的 LOGO 来链接的。LOGO 也是网络广告中不可缺少的构成要素，甚至是一个网站形象的代表，一切主题活动都要围绕这个形象来进行。在设计制作一些宣传页面的时候，都要将 LOGO 放置到显著的位置。

图 3.4 中央电视台的 LOGO

三、LOGO 的设计原则

LOGO 的设计需要从很多方面来分析，它涉及图形、文字、颜色和排版等各个方面的内容。通常，设计应在详尽明了设计对象的使用目的、适用范畴及有关法规等有关情况和深刻领会其功能性要求的前提下进行。同时还要顾及应用于其他视觉传播方式（如印刷、广告、映像等）或放大、缩小时的视觉效果。构图要凝练、美观，符号既要简练、概括，又要讲究艺术性。

设计要符合作用对象的直观接受能力、审美意识以及社会心理，要创造性的探求确切的艺术表现形式和手法，锤炼出精当的艺术语言，使设计的标志具有高度整体美感、获得最佳视觉效果。

LOGO 一般由网站的名称、网址、标志图形和主题描述等构成，这几个构成要素并不一定同时存在，而是适当地组合在一起。也有企业网站直接用企业品牌标识和英文名称组成 LOGO，并不进行特别的设计，如图 3.5 所示。

Haier

图 3.5 海尔集团网站的 LOGO

LOGO 的颜色应尽量避免使用得过多。过多的颜色不仅在视觉上会减少图像尺寸，还会给人以过于花哨的感觉。网站 LOGO 设计中最重要的是文字，很多需要传递的信息都是通过文字来表达的。字体的选择在网站 LOGO 设计中起着非常重要的作用，常用的文字字体包括黑体、楷体等，由于字体选择的标准是没有定式的，所以在 LOGO 设计中永远也不知道哪种字体才是最贴切的，只有不断地尝试，才能找到让大家满意的字体。

有时候对文字进行抽象处理，在网站 LOGO 的设计中非常普遍。这并不是简单的文字字体的改变，而是对文字进行适当的抽象处理，使 LOGO 看起来更加生动。

第二节 在 Fireworks 中制作 LOGO

一、Fireworks 界面简介

Fireworks 拥有与 Dreamweaver 相似的操作界面，它同样由编辑区域、"属性"面板和浮动面板等组成。单击"开始"按钮，在开始菜单中选择"所有程序"，然后移动鼠标指针到"程序"中的"Adobe Fireworks CS3"上，最后单击其子菜单的"Adobe Fireworks CS3"命令，就可以打开 Fireworks，其操作窗口如图 3.6 所示。

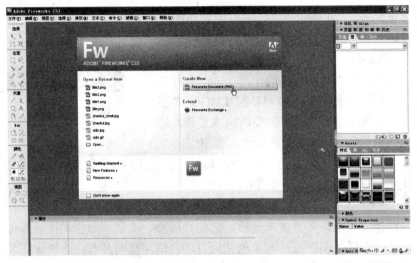

图 3.6　Fireworks 的操作窗口

从图 3.6 中可以看出，Fireworks 操作窗口的布局与 Dreamweaver 的窗口布局是一致的，右边为各种操作面板，下面是"属性"面板，只是左边多了一个"工具"面板。由于目前没有建立文件，所以各个面板上的按钮都是灰色的，而且窗口中间的编辑区域也是灰色的。

下面的操作是建立一个空白的文件，这时各个面板的按钮就变成黑色可操作的了，我们将依次对各个面板进行讲解。

和 Dreamweaver 一样可以将欢迎屏幕关闭，也可以在欢迎屏幕上直接进行操作。如图 3.7 所示，单击菜单栏上的"文件"，在下拉菜单中选择"新建"命令，打开"新建文档"对话框。

在"新建文档"对话框中，可以通过更改宽度和高度的值，来更改画布的大小，还可以对分辨率和画布颜色进行修改。作如图 3.8 所示的修改，完毕后单击"确定"按钮。

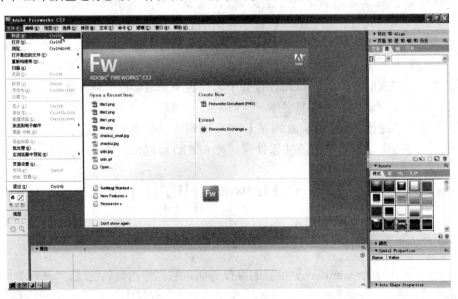

图 3.7　选择"新建"命令

这时可以发现在 Fireworks 操作窗口的编辑区域出现一个以"未命名"为标题栏的窗口，

图 3.8 "新建文档"对话框

同时各个面板上的按钮都由虚变实,如图 3.9 所示。

如图 3.10 所示,窗口左边的"工具"面板分为 6 个区域,分别有不同的功能。在该面板上集成了编辑图像所需的各种工具,只需要在面板上选择相应的工具就可以对矢量图、位图进行操作,这样就省去了在位图和矢量图之间的切换操作。

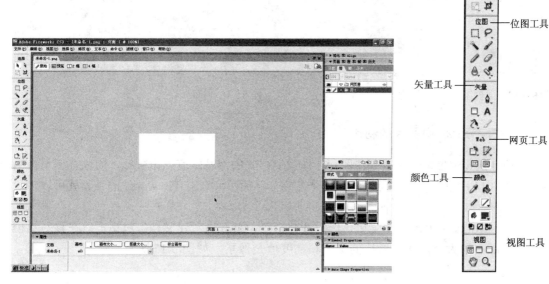

图 3.9 画布被打开、按钮被激活　　　　　　　　　图 3.10 "工具"面板

和 Dreamweaver 的"属性"面板一样,Fireworks 的"属性"面板也是一个包含各种选项的动态面板。随着操作对象的变化,"属性"面板上的内容也会发生相应的变化。如图 3.11 所示是选中画布时,"属性"面板的内容显示。

图 3.11 选中画布时的"属性"面板

在默认的情况下,Dreamweaver 的面板组停放在工作区的右侧。我们可以进行取消面板

组、叠放面板、排列面板顺序等操作，同时还可以完成许多高性能操作。如图 3.12 所示，该面板组中有"优化和 Align"、"页面和层和帧和历史"、"Assets"、"颜色"以及"符号属性"等面板，其中"页面和层和帧和历史"面板的"层"选项卡是打开的。

在操作窗口中间的是画布，它是对图像进行绘制、修改或编辑的地方。从图 3.13 中可以看到，画布共提供了 4 种预览模式："原始"、"预览"、"2 幅"和"4 幅"。具体的使用方法会在下面的实例中进行说明。

图 3.12　面板组

图 3.13　画布

二、Fireworks 中图片的制作

使用 Fireworks 可以直接制作图片。在我们建立的网站中有一个徽标，用来标识整个网站，如图 3.14 所示。从图中可以发现这个徽标非常简单，通过 Fireworks 的工具就可以轻松地制作出来。

在 Fireworks 中单击文件菜单，选择新建命令，打开"新建文档"对话框。在该对话框中，输入画布的大小，注意默认的宽度和高度值是像素，如图 3.15 所示。

图 3.14　网站徽标

图 3.15　"新建文档"对话框

修改画布大小的方法。单击菜单栏上的"修改",弹出下拉菜单,移动鼠标指针到"画布"上,在弹出其子菜单后,单击"画布大小"命令,打开"画布大小"对话框。在打开的"画布大小"对话框中输入宽和高的值,单击"确定"按钮。

在工具面板的矢量区域,单击"矩形区域"按钮的倒三角,在下拉的菜单按钮中选择"椭圆"工具。按住"shift"键,拖动鼠标在画布上画一个大小合适的正圆,如图 3.16 所示。

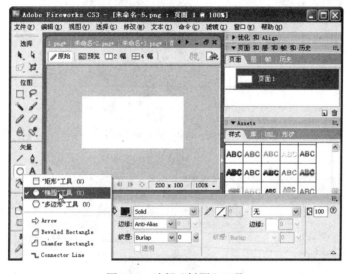

图 3.16 选择"椭圆"工具

在工具面板的"选择"区域,单击"部分选定"工具,此时所画正圆上出现四个小方框,如图 3.17 所示。

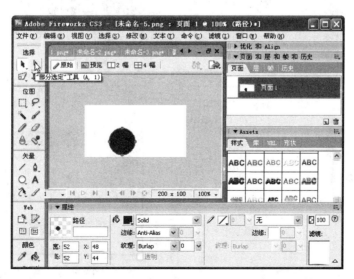

图 3.17 画一个正圆

向下拖动正圆顶端的小方框，使正圆变形成一个 V 形，如图 3.18 所示。

图 3.18　将正圆变形

调整其他三个小方框，以及每个小方框附带的调整杆，将 V 形调整成如图 3.19 所示的形状。

图 3.19　调整 V 形

在选中 V 形的情况下，选择"面板"中"样式"选项卡中的"Chrome MSC 020"，打开如图 3.20 所示的"编辑样式"对话框，单击"确定"按钮。

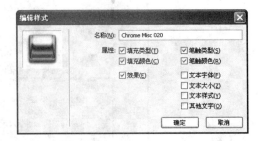

图 3.20　"编辑样式"对话框

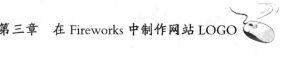

试一试   选择其他的样式，观察实际的效果，体会"样式"的效果。

重复上面的操作，在 V 形的左端再画一个小圆，产生一种人在飞跃的影像，选中小圆，选择另一种样式，结果如图 3.21 所示。

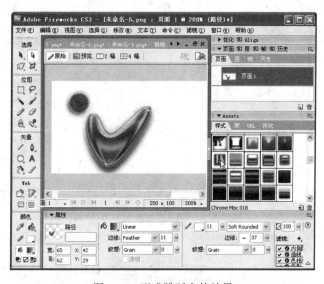

图 3.21   形成跳跃人的效果

在工具面板的矢量区域，单击"文本"工具按钮，然后在属性面板中选择字体为"华文行楷"，字体大小为"30"，字体颜色为暗红色，在合适区域单击鼠标，出现光标后输入"ictory"，结果如图 3.22 所示。

图 3.22   输入文字

选择一种样式使得"ictory"几个字母和 V 字形之间产生一定区别，结果如图 3.23 所示。

图 3.23 更改文字样式

重复上面的操作，在英文字母的下面输入"高一.5 班"几个字，如图 3.24 所示。

图 3.24 输入汉字

选中"高一.5 班"几个字，在"样式"选项卡中选择一种文字样式，调整文字的位置，如图 3.25 所示。

图 3.25 更改文字样式

单击"文件"菜单，选择"保存"命令，如图 3.26 所示。在弹出的另存为对话框中输入文件名，保存制作的图片。

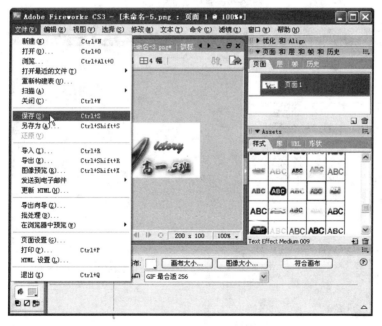

图 3.26 "文件"菜单

三、从 Fireworks 中导出图片

Fireworks 还提供了图片的导出功能，通过导出命令形成不同的图片格式文件，以备插

入到网页中。

　　单击"文件"菜单，选择"导出"命令，如图 3.27 所示。在弹出的"导出"对话框中输入文件名，导出类型为"Image Only"，最后单击"保存"按钮，如图 3.28 所示。

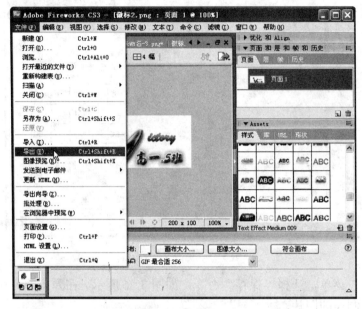

图 3.27　选择"导出"命令

图 3.28　"导出"对话框

习 题

1. 网络上主要支持哪三种类型的图片？
2. GIF 文件与 JPEG 文件有什么不同？哪一种格式支持动画？
3. PNG 文件的优势是什么？
4. LOGO 的作用是什么？
5. LOGO 有哪些设计原则？
6. 与其他的图片编辑软件相比，Fireworks 有哪些优点？
7. Fireworks 的"工具"面板由哪几部分组成？
8. 怎样在 Fireworks 中更改画布大小？
9. 画布提供几种预览模式？实际上机操作一下，并观察它们之间有什么不同。
10. 怎样从 Fireworks 中导出图片？

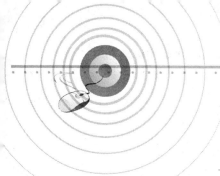

第四章

在Fireworks中制作网页背景

第一节　在 Dreamweaver 中设置网页背景

设置网页背景是美化网页的一种基本方法,选择一种合适的背景可以突出网页上的文字内容,或者体现网站的整体风格特点。

设置网页的背景有三种方法:一种是设置网页的背景颜色,这种方法比较呆板;另一种方法是使用图片作为网页的背景,这样就使得网页的背景更漂亮也更有个性;对于使用表格布局的网页,还可以通过对表格单元格的背景进行设置来完成整个网页的背景设置,这样可以使得整个网页的不同区域出现不同的背景效果。

一、设置网页背景颜色

在 Dreamveaver 中打开网页 index.htm,用鼠标单击菜单栏上的"修改",在下拉菜单中单击"页面属性",打开"页面属性"对话框,操作如图 4.1 所示。

图 4.1　选择"页面属性"命令

如图 4.2 所示,在"页面属性"对话框中,可以设置文本的颜色,背景颜色等。单击"背景"右边的 ⬜ ,选择一种颜色,将网页背景设置成该颜色。

在这里要注意,假如不对背景及文字的颜色进行设置(此时 RGB 色值显示为空),那么浏览器在显示页面的时候,就会采用系统的默认设置。但因为不同的系统其设置可能会有所不同,这样就会导致页面的显示效果也是千差万别的。为了更好地让页面体现出你的设计风格，设定页面的背景颜色及文字颜色就非常重要。

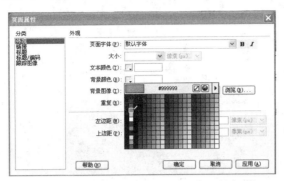

图 4.2 选择背景颜色

图 4.3 就是设置了背景颜色以后的网页效果图。

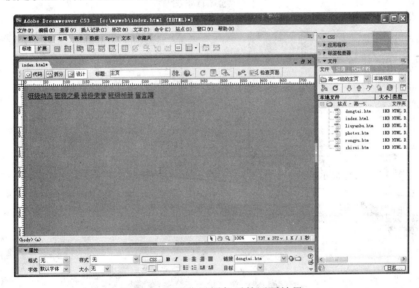

图 4.3 设置背景颜色后的网页效果

二、设置网页背景图片

57

虽然，背景颜色可以为网页增色不少，但毕竟比较单调，使用频率越来越低。插入背景图像可以使网页更加个性化，因此得到广泛应用。其操作方法如下：在"页面属性"对话框中，单击背景图像栏右边的"浏览"，打开"选择图像源"对话框，如图 4.4 所示。

在文件夹"网页素材"的子文件夹"images"中选择要使用的图片文件，单击"确定"按钮。此时网站会提示图片不在网站文件夹中，如图 4.5 所示。我们一定要将图片文件保存到当前网站中，否则网站上传以后，会找不到该图片，而影响网站的浏览效果。

在单击"是"按钮以后，弹出"复制文件为"对话框，在该对话框中新建一个文件夹，更改该文件夹名为"images"，如图 4.6 所示，网站所有的图片文件都将保存在该文件夹中。

将图片保存到网站站点的文件夹"images"中，返回"页面属性"对话框，单击"确定"按钮，效果如图 4.7 所示。

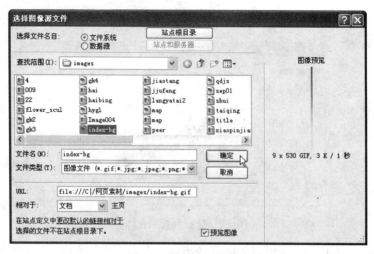

图 4.4　选择背景图片

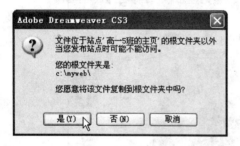

图 4.5　信息提示框

图 4.6　"复制文件为"对话框

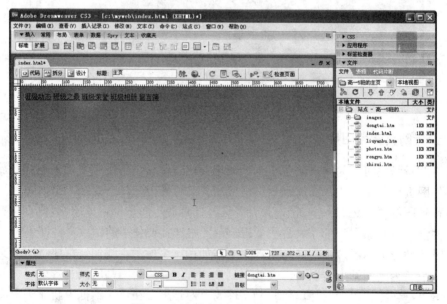

图 4.7　添加背景图片后的网页效果

在默认状态下，背景图片覆盖在背景颜色之上。所以，在设置背景图片以后，背景颜色是看不到的。

三、设置表格背景

在默认状态下，表格的背景与网页的背景相同。在表格中设置背景可以将表格与网页的背景区分开，使表格的内容更突出。

按照网页布局的规划，在网页 index.htm 中插入一个不规则表格，结果如图 4.8 所示。

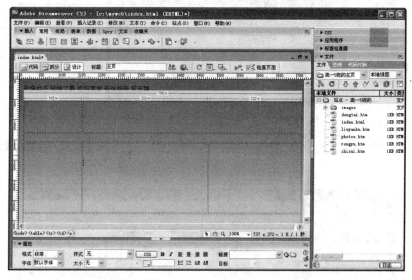

图 4.8 在网页中插入表格

在编辑窗口中拖动鼠标选中表格中的第一行两个单元格，单击"属性"面板上单击右下角的展开箭头，然后单击"背景颜色"后面的 ，如图 4.9 所示，在弹出的调色板中选择一种颜色，单元格背景颜色即被改变。同时改变框线颜色后，效果如图 4.10 所示。

更改表格中其他单元格的背景颜色，可以产生特殊的网页背景效果，如图 4.11 所示。

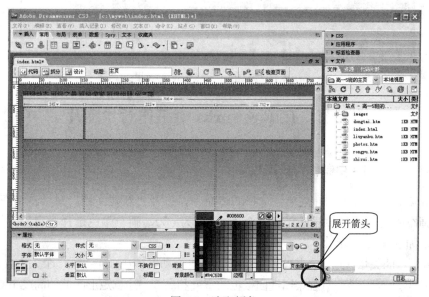

展开箭头

图 4.9 选取颜色

网页制作
三剑客
Dreamweaver、
Flash、
Fireworks
综合实例教程

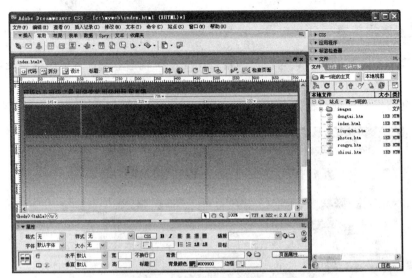

图 4.10　设置表格背景后的网页效果

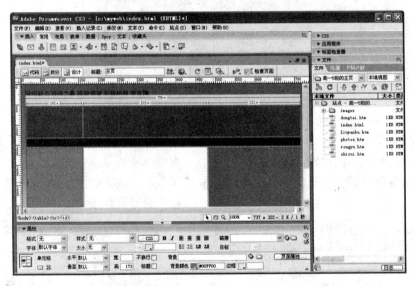

图 4.11　在 IE 中预览的网页效果

第二节　在 Fireworks 中制作背景图片

一、在 Fireworks 中制作背景图片

在 Fireworks 中单击文件菜单，选择新建命令，打开"新建文档"对话框。在该对话框中，输入画布的大小，输入网页宽度为 780，高度为 600，画布颜色选择"自定义"，颜色选择为绿色，如图 4.12 所示。

在工具面板的矢量区域，单击"矩形区域"按钮，拖动鼠标在画布上画一个大小合适的矩形。注意，在拖动鼠标时，要注意观察属性面板上的宽度和高度，注意矩形区域的高度 100 像素，这是与网站 LOGO 的宽度相一致的，如图 4.13 所示。

图 4.12 "新建文档"对话框

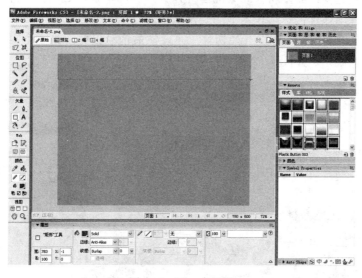

图 4.13 画一个矩形

重复操作，在矩形的下方在画出四个矩形，填充不同的颜色，如图 4.14 所示。

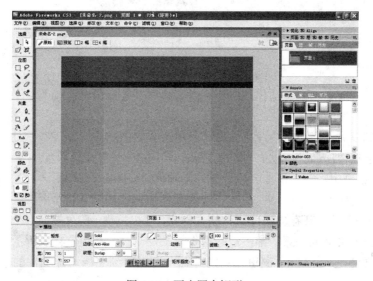

图 4.14 画出四个矩形

试一试　使用椭圆工具等其他矢量工具，可以画出不同的图形组合，然后通过"修改"菜单中"组合路径"下的"联合"、"交集"、"打孔"、"裁切"命令实现不同的效果。

二、对背景图片进行切片

制作出来的背景图片是不能直接作为网页背景应用到网页中的，这是因为过大的图片会影响到网页的下载速度，而要将如此大的图片作为网页的背景，必须将图片切片，也就是分割成若干个小部分，通过特殊的技术应用到网页中。

在工具面板的"web"区域，选择切片工具，然后拖动鼠标，画一个矩形区域，将图片顶端的矩形区域框起来，如图 4.15 所示。

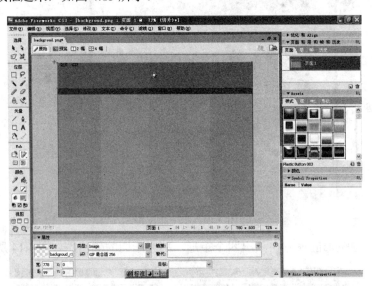

图 4.15　进行切片

试一试　请重复上面的操作，将整个图片按照制作时的区域切片成六个部分。

在切片完成以后，需要将切片文件导出。单击编辑区域右上角的"快速导出"按钮，在弹出的菜单中选择"Dreamweaver"中的"Export Html……"命令，如图 4.16 所示。

"导出"对话框中，输入文件名，选择导出项为"HTML 和图像"，切片项选择"导出切片"，勾选"将图像放入子文件夹"，单击"保存"按钮，如图 4.17 所示。

在"我的电脑"中打开存放切片文件的文件夹，可以发现，切片被放在一个名为"images"的文件夹中，他们之间的关系，都被放在网页 index.htm 中，如图 4.18 所示。

双击网页文件 index.htm，浏览器将其打开，可以看到图像切片文件的效果，如图 4.19 所示。

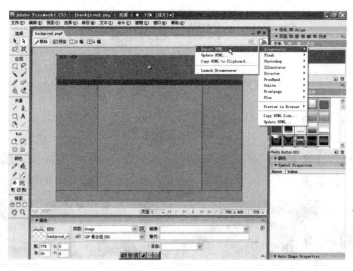

图 4.16 完成切片

图 4.17 "导出"对话框

图 4.18 切片后导出的文件和文件夹

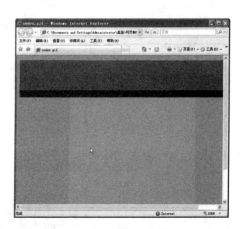

图 4.19 切片后导出的文件和文件夹

第三节 将图片应用到网页中

一、使用 Fireworks 优化图片素材

除了可以直接制作图片以外，Fireworks 还可以对已有的图片进行优化，使图片在不影响视觉效果的情况下，体积更小，更有利于网络传输。

在"网页素材"文件夹中，有一个风景图片（见图 4.20），下面将该图片进行优化，观察图片优化后的实际效果。

图 4.20　风景图片

首先将图片打开。单击菜单栏上的"文件"，打开"文件"菜单，在下拉菜单中单击"打开"命令，如图 4.21 所示。

图 4.21　选择"打开"命令

在"打开"对话框中，单击"查找范围"栏，在下拉列表中找到存放图片文件的文件夹，然后选中要优化的文件，单击"打开"按钮。可以从图 4.22 中发现该图片大小为 226KB。

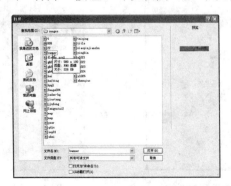

图 4.22　在"打开"对话框中选择图片

如图 4.23 所示，在工作窗口中图片文件被打开。单击窗口右边面板组中"优化和 Align"面板，并将"优化"选项卡打开。

图 4.23 打开"优化"选项卡

在"优化"选项卡中选择文件类型为 GIF，并在下拉列表中选择"GIF 接近网页 128"，将图片优化成 GIF 文件，图片颜色为 256 色，如图 4.24 所示。

在"优化"面板中有许多设置值，单击各个设置栏，选择相应的下拉列表项目，可以对设置的优化效果进行调整，如图 4.25 所示。

图 4.24 设置优化效果

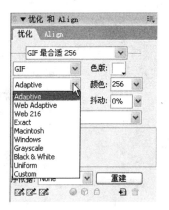

图 4.25 调整优化效果

65

如图 4.26 所示，单击"文件"菜单，在下拉菜单中选择"另存为"命令，打开"另存为"对话框。

在"另存为"对话框中输入文件名，单击"保存"命令，如图 4.27 所示。

网页制作
三剑客
Dreamweaver、
Flash、
Fireworks
综合实例教程

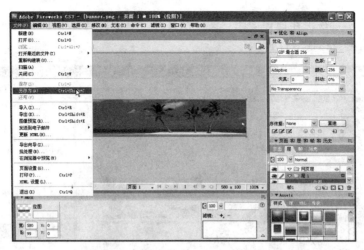

图 4.26　选择"另存为"命令

图 4.27　保存优化后的文件

打开保存文件的文件夹，可以发现经优化后文件的大小为 31.6KB（见图 4.28），而优化前是 227K，可见优化的效果是非常明显的。

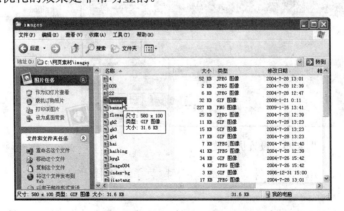

图 4.28　优化后的文件大小

二、将制作的背景图片应用到网页中

将光标移动到第一个单元格中，在属性面板中单击背景后面的"单元格背景 URL"按钮，如图 4.29 所示。

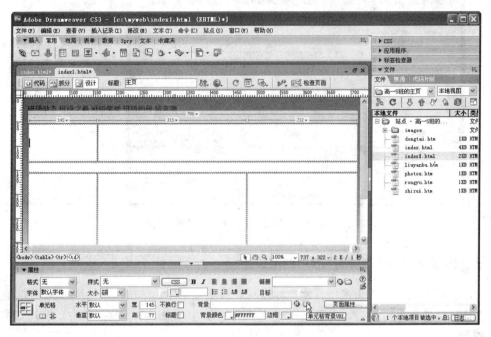

图 4.29 单击"单元格背景 URL"按钮

在"选择图像源文件"对话框中，选择相应的切片图像，单击"确定"按钮，如图 4.30 所示。

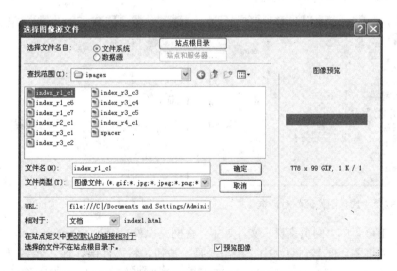

图 4.30 单击"单元格背景 URL"按钮

最终的结果如图 4.31 所示，重复以上操作，可以完成对图片背景的插入。

图 4.31 应用图片背景后的结果

三、将制作的 LOGO 图片应用到网页中

在左上角单元格中单击鼠标，使光标显示在该单元格中。单击"插入"面板上的![]按钮，弹出"选择图像源"对话框，再单击"查找范围"右边的![]，在下拉菜单中，选择 C 盘，如图 4.32 所示。

双击文件夹"网页素材"，将它打开，接着在其中双击文件夹"images"，在文件夹"images"中选择文件"huibiao"，即在对话框右边显示图片的预览图像，通过预览可以知道图片的内容。单击"确认"按钮，将图片插入网页，如图 4.33 所示。

图 4.32 "选择图像源"对话框

图 4.33 选中图片"huibiao"并确定

由于图片在 C 盘的"网页素材"文件夹中，在网站以外，因此，Dreamweaver 会弹出一个对话框，提示是否将图片保存到网站中。单击"是"按钮，将文件保存到文件夹"images"中，系统会弹出"图像标签辅助功能属性"对话框，在该对话框中可以输入图像的相关信息。我们单击"确定"按钮，关闭该对话框即可，如图 4.34 所示。

这样，可以看到图片被插入到网页中，效果如图 4.35 所示。

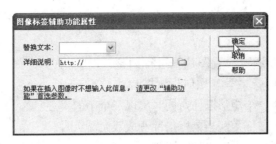

图 4.34 "图像标签辅助功能属性"对话框

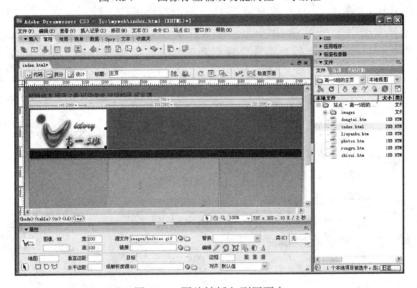

图 4.35 图片被插入到网页中

 用同样的方法在网页顶端右边的单元格中插入风景图片，如图 4.36 所示。

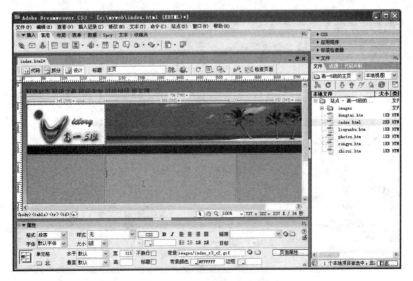

图 4.36 插入另一幅图片

四、设置图片

插入图片后，还需要通过设置图片来进行调整，以收到更好的视觉效果。下面我们就来学习如何设置图片。

单击图片，使图片被一个矩形框住，同时出现三个小的实心矩形。鼠标指针指向图片右下角，当鼠标指针变成双向箭头时，拖动鼠标，就可以更改图片的大小，如图 4.37 所示。

图 4.37　拖动鼠标更改图片大小

在单击图片时，"属性"面板同时被打开，单击"对齐"右边的 ▼，选择"居中"。在"替代"框中输入"高一.5班"，如图 4.38 所示。这样，当鼠标在浏览器中移动到该图片上时，会显示"我爱我班"几个字。特别地，由于网络慢等原因，图片不能正常下载时，图片区域会显示替代文字，从而不会影响到网页的整体浏览效果。

图 4.38　图片的属性设置

试一试　请用同样的方法对网页右上角和中间区域的右半部分中插入一幅图片，并进行设置，最后保存网页。

五、在 Dreamweaver 中调用 Fireworks 编辑图片

在 Dreamweaver 制作网页的过程中可以随时可以打开 Fireworks，对网页中的图片进行编辑和优化。如在图 4.39 所示的 Dreamweaver 窗口中，选中图片，然后在"属性"面板中单击"编辑"按钮，即可打开 Fireworks。

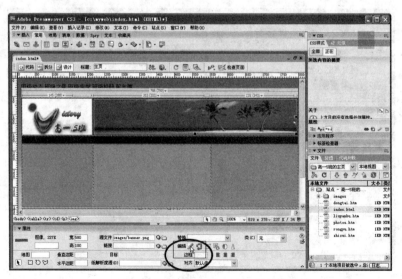

图 4.39　在 Dreamweaver 中打开 Fireworks

在图 4.40 所示的 Fireworks 窗口中可以发现，图形文件被打开，在标题栏中有"在站点'高一 5 班的主页'中"的字样，表明该图片来自网站中。对图片进行编辑或优化后，单击"完成"按钮，Fireworks 编辑窗口自动关闭，同时 Fireworks 程序窗口最小化。Dreamweaver 窗口中图片显示编辑后的样子。

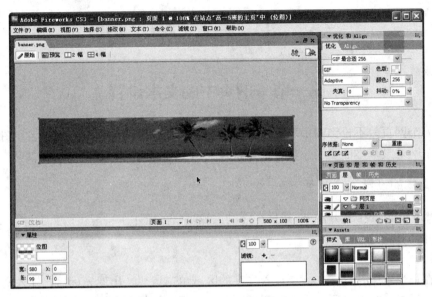

图 4.40 Fireworks 编辑窗口

习   题

1. 设置网页背景有哪三种方法？
2. 同时设置网页颜色和网页背景图片，网页上显示哪一个？
3. 设置表格背景与设置网页背景有什么不同？
4. 切片是什么含义？
5. 在 Fireworks 中对图片进行优化是什么含义？怎样操作？

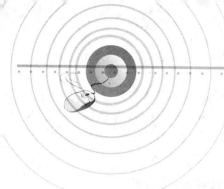

第五章

文 本 与 动 画

第一节 网页中的文本设置

任何一个网页，不论绚丽多彩，还是简洁明了，都含有两个要素，即文字和图片。其中文字是一个网页最基本的要素，也是信息量最大的一种网页元素。

一、文本的设置

在 Dreamweaver 中打开网站，然后在浮动面板"文件"选项卡中双击网页文件"index.htm"，将网页文件打开。

1. 输入文本

就像在记事本中一样，在需要输入文字的区域单击鼠标，出现光标后，输入文本即可。在输入的过程中，除非分段，否则不要按回车键换行，软件有自动换行的功能。

当你按回车键换行后，你会发现默认的行间距比较大。这是因为用键盘操作换行有两种方法：按 Enter 键和按 Enter+Shift 组合键。按 Enter 键，换行的行间距较大；一般换行使用 Enter+Shift 组合键，这样换行才是正常行间距。两种换行方法的效果分别如图 5.1 和图 5.2 所示。

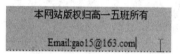

图 5.1　使用 Enter 键的效果

图 5.2　使用 Enter+Shift 组合键的效果

输入完毕，单击菜单栏上的"文件"，在下拉菜单中单击"保存"，保存网页上的文字，结果如图 5.3 所示。

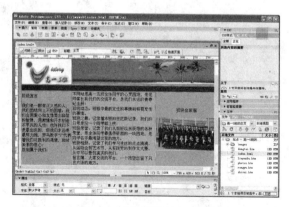

图 5.3　在网页中输入文字

2. 字体与字号

由于 Dreamweaver 提供的默认字体中没有中文字体，所以在设置字体之前，应先将中文字体添加到"属性"面板字体下拉列表框中。

如果"属性"面板没有显示，按 Ctrl+F3 键或用鼠标单击窗口菜单下的"属性"命令，可以打开"属性"面板。在"属性"面板中，单击 默认字体 右端的 ，在下拉菜单中选择 编辑字体列表... ，如图 5.4 所示。

如图 5.5 所示，在弹出的"编辑字体列表"对话框中，选中"可用字体"栏中的中文字体，本例选中"仿宋_GB2312"，单击 ，字体出现在"选择的字体"栏中。单击"确定"按钮，"仿宋_GB2312"被加入到"属性"面板的字体列表下拉菜单中，结果如图 5.6 所示。

图 5.4 字体列表下拉菜单　　　图 5.5 "编辑字体列表"对话框　　　图 5.6 添加"仿宋_GB2312"字体

 将"宋体"、"黑体"、"隶书"、"楷书_GB2312"、"幼圆"等几种字体都添加到"属性"面板的字体列表下拉菜单中。

注意　因为别人的系统上不一定装有与你相同的字体，所以不要将一些特殊的字体加到列表中并使用。如果确有需要用到特殊字体，可以将文字做成图片后再使用。

在 Dreamweaver 中选择"本网站版权归高一五班所有"和"Email: gao15@163.com"几个字，然后，在"属性"面板中单击 默认字体 右边的 ，在下拉列表中选择"楷体 GB_2312"，将字体设为楷体；单击 大小(S) 无 右边的 ，在下拉列表中选择"16"，将字体设为 16 号字，效果如图 5.7 所示。

3. 文字的对齐方式

在默认情况下，文字均紧靠在表格框线上。这样非常影响美观，特别是当相邻单元格都有文字时，显得十分拥挤。

选中整个表格，如图 5.8 所示，将"属性"面板中的"填充"值更改为"10"，则表格中的文字与表格框线的距离变成 10 像素；将"间距"值更改为"10"，则各个单元格间的距离更改为 10 像素，更改后效果如图 5.9 所示。

现在来看如何调整单元格内文字的对齐方式。拖动鼠标指针，选中"班级宣言"几个字，单击"属性"面板中的"居中对齐"按钮，这四个字在单元格中居中显示，如图 5.10 所示。

图 5.7 字体被设为 16 号楷体

图 5.8 更改表格的"填充"与"间距"

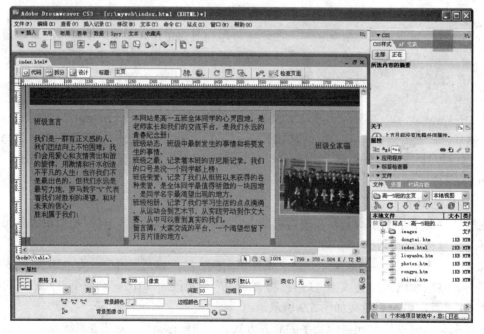

图 5.9 更改后的效果图

图 5.10　选择"居中对齐"

再将鼠标指针移动到表格最下端的单元格中，拖动鼠标指针选中表格中的所有文字，在"属性"面板中单击"文本缩进"按钮，将文字移动到表格中央，如图 5.11 所示。

图 5.11　选择"文本缩进"

　为何此处不能使用"居中对齐"？

4．文字的风格与颜色

选中"班级动态"几个字，在"属性"面板中单击 ▢，打开颜色面板，选择褐色色块，将文字设为褐色，如图 5.12 所示。

图 5.12　更改文字的颜色

试一试　如果要使用色块以外的文字颜色，应该怎样做？提示：注意颜色面板中的按钮 。单击 **B**，将文字设为加粗。

试一试　用同样的方法将"班级之最"、"班级荣誉"、"班级相册"、"互动留言板"均设置成褐色、加粗。

对主页的右边正文区域中的文字进行设置，然后将网页保存，结果如图 5.13 所示。

图 5.13　设置网页中的文字

二、段首缩进与行间距

我们知道，按照中文的行文习惯，在段落的首行要空两个格。在操作时会发现：在 Dreamweaver 中，不能像 Word 一样拖动首行缩进按钮，也不能连续按空格，Dreamweaver 没有这个功能。要实现在段首空两个格，应该切换到代码编辑区，在段首文字前输入代码 " "（注意不要漏掉 "；"）。

 该代码只代表一个半角字符，要空出两个汉字，需要添加 4 个代码。这样，在浏览器中你就可以看到段首空两个格了，具体操作如下。

首先需要切换到代码编辑区。单击 "查看" 菜单，在下拉菜单中选择 "代码和设计" 命令，如图 5.14 所示，也可以直接单击 "拆分" 按钮。这时，窗口分为两部分，上面为 HTML 代码编辑区域，下面为普通编辑区域。

图 5.14 选择 "代码和设计" 命令

在 HTML 代码编辑区域中，找到要段首缩进的文字，在文字前插入 " "。然后在文本编辑区单击鼠标，可以看到实际效果。注意，在默认情况下至少要插入 4 个 " " 标记，而且所有符号必须是英文字符，由于字号的不同有时要多插入几个才能空出两个汉字的区域，如图 5.15 所示。

 对网页中所有的段首位置都设置为空两格。

用鼠标单击 "文件" 菜单，在下拉菜单中选择 "保存" 命令，将网页文件保存，单击 "查看" 菜单，在下拉菜单中选择 "设计" 命令，切换到设计编辑区。

由于默认的分段。使得段落间距非常大，可以通过使用 Shift+Enter 组合键更改。将光标

网页制作
三剑客

Dreamweaver、
Flash、
Fireworks

综合实例教程

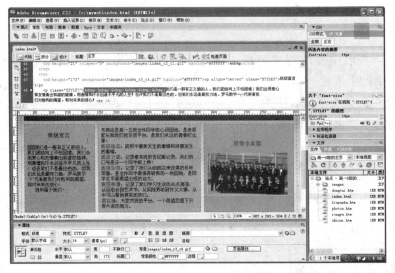

图 5.15　插入" ；"标记

移动到段末，然后按键盘上的 Delete 键，将段末符号删除，两段合并成一段。再按下 Shift+Enter 组合键，重新分段，重复操作，更改所有段间距。

当然改变行间距的方法并不是只有这么一个，在后面的学习过程中，我们将学习如何利用样式表来更改行间距。

三、预览网页

用鼠标单击菜单栏上的"文件"，移动鼠标指针到"在浏览器中预览"上，在其下一级菜单中单击"iexplore"，或用快捷键 F12 将网页在浏览器中打开。在 IE 浏览器中预览网页，单击菜单栏上的"文件"，移动鼠标指针到"在浏览器中预览"上，在其下一级菜单中单击"IExplore"，如图 5.16 所示。或用快捷键 F12 将网页在浏览器中打开，可以看到真实的效果，如果与设计有偏差，可以返回 Dreamweaver 编辑窗口中进行修改，如图 5.17 所示。

图 5.16　选择"IExplore"命令

图 5.17 在浏览器中预览网页

第二节 在 Flash 中制作动画 Banner

一、Banner 相关知识

Banner 的英文意思是指旗帜和横幅，在网页中 Banner 一般指广告条。Banner 广告条一般是放置在网页上的不同位置，在用户浏览网页信息的同时，吸引用户对于广告信息的关注，从而获得网络营销的效果，如图 5.18 所示。

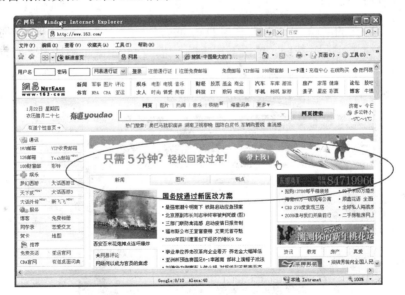

图 5.18 "网易"主页上的 Banner

Banner 广告有多种表现规格和形式，其中最常用的是 486×60 像素的标准标志广告，由于这种规格曾处于支配地位，在早期有关网络广告的文章中，如没有特别指名，通常都是指标准标志广告。这种标志广告有多种不同的称呼，如横幅广告、全幅广告、条幅广告、旗帜广告等。通常采用图片、动画、Flash 等方式来制作 Banner 广告。

Banner 的设计一般采用比较艳丽的色彩，来吸引浏览者的注意，如红色、蓝色、绿色等。其中的语言往往具有号召力和吸引力，字体清晰明快、大小适中，字间距富有韵律感，如图5.19 所示。

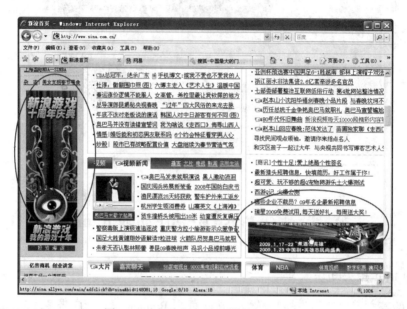

图 5.19　"新浪"主页上的两个 Banner

二、Flash 界面介绍

作为同一个公司的产品，Flash 拥有与 Dreamweaver 和 Fireworks 相似的界面，这为我们熟悉和使用它提供了巨大的帮助。单击"开始"按钮，在开始菜单中选择"所有程序"，然后移动鼠标指针到"程序"菜单的"Adobe Flash CS3"上，单击其子菜单中的"Adobe Flash CS3"命令便将 Flash 打开，其操作界面如图 5.20 所示。

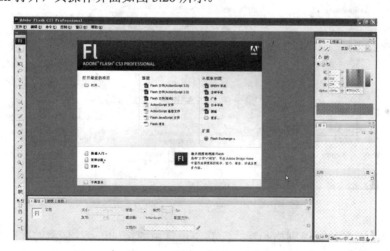

图 5.20　Flash 的操作界面

Flash 操作界面由菜单栏、工具栏、"工具"面板、时间轴、舞台、面板组、"属性"面板以及"动作-帧"面板组成，其中菜单栏和工具栏与其他软件大体相同。

如图 5.21 所示是"工具"面板，它提供了一些常用的绘图工具，使用这些工具可以很容易地绘制出各种图形。通过这些工具，可以用来创建或改变图像和文本、调整编辑的舞台、选择填充的颜色或线条的颜色，而下面的"选项"部分则随着选取工具的不同，而出现相应的修改工具。

Flash 的"属性"面板和 Dreamweaver、Fireworks 的"属性"面板一样，其内容会根据所选对象的不同而发生变化。如图 5.22 是新建一个文件时，"属性"面板的内容显示。

如图 5.23 所示，位于窗口中间的编辑区域，我们称其为舞台。它主要用于进行绘制或导入图片，添加文本或声音以及添加附加行为作为导航按钮等操作。在没有特殊效果的情况下，Flash 动画都可以直接在舞台上播放，而不必转换成可播放的动画文件。

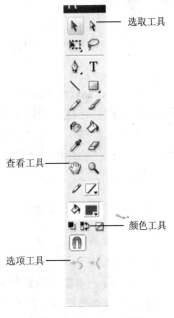

图 5.21　"工具"面板

图 5.22　新建文件时的"属性"面板

图 5.23　舞台

在使用 Flash 的实例中，我们将主要在舞台中进行各项操作。

Flash 的时间轴在 Flash 启动时就自动打开，而且被放在非常醒目的位置，这也说明了时间轴在 Flash 中的重要性。它主要用来组织和控制动画在一定时间内播放的层数和帧数。我们知道一帧一帧静止的图片连续起来就形成了动画，所以最简单的动画制作方法就是画出一帧一帧的图片，然后通过时间轴来控制它们的播放速度，从而实现动画效果。

如图 5.24 所示，时间轴由图层、帧和播放头组成。

图 5.24　时间轴

和 Dreamweaver、Fireworks 一样，Flash 也把窗口的右边区域留给了浮动面板组。在默认的情况下，面板组包含"库"等多个面板。通过菜单栏上的"窗口"菜单可以添加面板，当然也可以隐藏面板。面板组功能强大，具体的功能和操作方法，大家可以查阅相关书籍。面板组界面如图 5.25 所示。

三、制作动画 Banner

1. 补间动画和逐帧动画

Flash 动画包括补间动画和逐帧动画两种。本节主要学习补间动画的方法，第 9 章将介绍逐帧动画的制作方法。

制作补间动画是创建随时间移动或更改的动画的一种有效方法，并且最大程度地减小了所生成的文件。在补间动画中，Flash 能够自动地在两个关键帧之间插入帧的值或形状来创建动画，使动画变得生动。

补间动画又分为运动渐变与形状渐变两种。运动渐变是指在一个时间点定义一个实例或文字块的位置、大小等属性，在另一个时间点改变

图 5.25　面板组

这些属性，Flash 自动插入动画帧，形成两者之间平滑的过渡。形状渐变是指在一个时间点绘制一个形状，在另一个时间点更改该形状，Flash 自动插入动画帧，形成两者之间平滑的过渡。

2. 制作动画背景

下面的操作是将网站上方的图片改成一个 Flash 动画，效果是"欢迎光临"从两个方向进入图片。这是一个典型的运动渐变补间动画。

首先要修改 Flash 的舞台场景大小，使之与原有图片的大小相等，这样当动画在以图片为背景的舞台上播放时，不会有舞台背景露出来。单击菜单栏上的"修改"，在其下拉菜单中单击"文档"命令，如图 5.26 所示。

图 5.26　选择"文档"命令

也可以新建一个 Flash 文件，直接输入相应的值。

在打开的"文档属性"对话框中，修改尺寸值为图片的大小，注意默认单位为像素，如图 5.27 所示。图片的大小值可以在 Dreamweaver 中查到，只需选中该图片，在属性面板中就可以看到宽度和高度值。单击"确定"按钮后，舞台变为设置的大小。

接下来要将图片导入到舞台中，作为背景。单击"文件"菜单，选择"导入"子菜单下的"导入到舞台"命令，如图 5.28 所示。

在"导入"对话框中，选择查找范围，找到要导入的图片文件，单击"打开"按钮，如图 5.29 所示。

图 5.27 在"文档属性"对话框中设置舞台大小

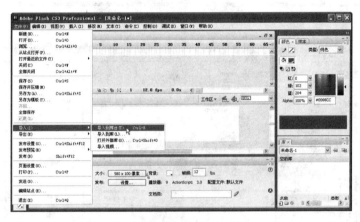

图 5.28 选择"导入"命令

图 5.29 在"导入"对话框中打开图片文件

图片文件在舞台中被打开后，单击选择工具，拖动图片，使它完全遮盖住白色的舞台背景，如图 5.30 所示。

3. 制作补间动画

动画的背景设置成功以后，第一帧动画也就设置好了，但由于要使用该图片做动画背景，所以要设置动画中所有的帧都使用该图片。用鼠标单击时间轴上的第 30 帧，然后单击"插入"菜单，在"时间轴"的下拉菜单中单击"帧"命令，如图 5.31 所示。这样，从第 1 帧到第 30

帧都使用了该图片作为背景，同时也设定了整个动画为 30 帧。

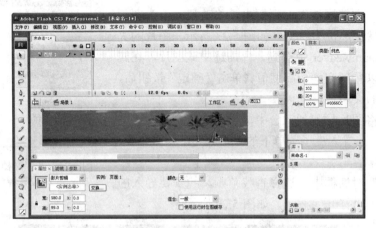

图 5.30　图片文件导入成功

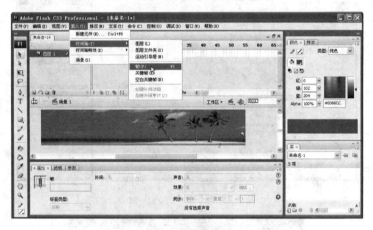

图 5.31　插入帧

如图 5.32 所示，在"时间轴"面板中单击"插入图层"按钮，在图层 1 上插入一个新的图层。将来的动画效果在新建的图层上设置，这样不论怎样设置与修改，都不会对背景层产生影响。

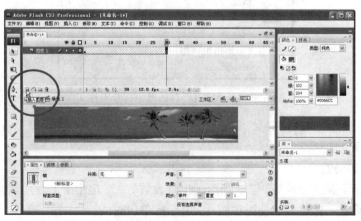

图 5.32　插入图层

选中图层 2 上的第 1 帧，单击"插入"菜单，在下拉菜单中选择"时间轴"下的"关键帧"命令，在第 1 帧插入一个关键帧，如图 5.33 所示。如果默认第一帧是关键帧，此部可以省略，然后单击"工具"面板中的"文本工具"，如图 5.34 所示。

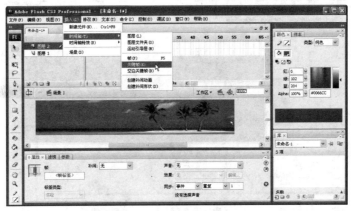

图 5.33　插入"关键帧"

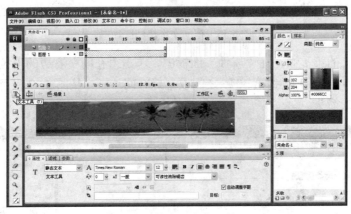

图 5.34、单击"文本工具"

在图片上方单击鼠标，出现文本框，输入一个字"欢"，然后选中这个字，在"属性"面板中更改合适的字体和字号，并设置字体颜色为蓝色，如图 5.35 所示。

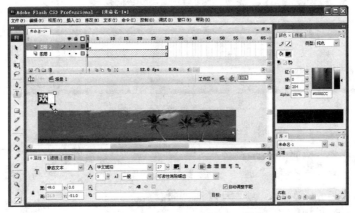

图 5.35　输入"欢"字并设置属性

选中图层 2 的第 30 帧，插入一个关键帧，选择"工具"面板中的选取工具，拖动文字块"欢"到图片中合适的位置，如图 5.36 所示。

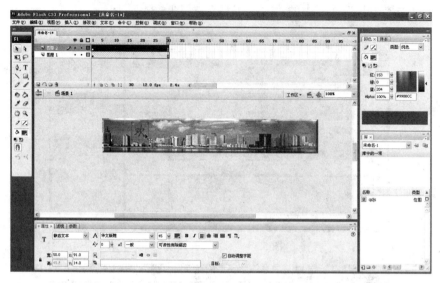

图 5.36　拖动文字块到图片中

选中图层 2 上的第 1 帧，在"属性"面板中，单击"补间"右边的下拉按钮，在下拉列表中选择"动作"，为第 1 帧到第 30 帧之间设置好补间动画。从图 5.37 中可以看到，这两帧之间有一条黑色的箭头。

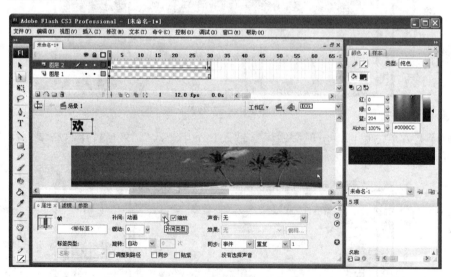

图 5.37　设置补间动画

> 试一试　重复上述步骤，插入图层 3，并插入一个关键帧。在图片下面插入一个文本框，输入一个字"迎"，并设置字的字体、字号、颜色与"欢"相同，在图层 3 的第 30 帧插入一个关键帧，将"迎"拖入图片合适位置，并设置补间动画，如图 5.38 所示。

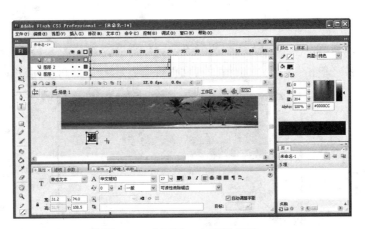

图 5.38 在图层 3 上设置动画

试一试 继续重复前面的操作，在图片上面插入"光"，下面插入"临"，并设置好动画。

单击"控制"菜单，在下拉菜单中选择"播放"命令，如图 5.39 所示。

图 5.39 选择"播放"命令

如图 5.40 所示，可以看到 4 个字分别进入图片上的动画效果。

87

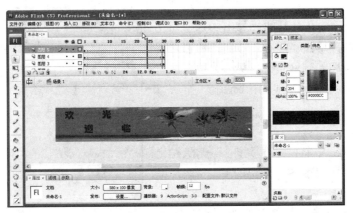

图 5.40 观看动画效果

4. 保存文件

单击"文件"菜单，在下拉菜单中选择"保存"命令，在如图 5.41 所示的"另存为"对话框中输入文件名，单击"保存"按钮，将文件保存，这样以后可以对动画进行编辑。

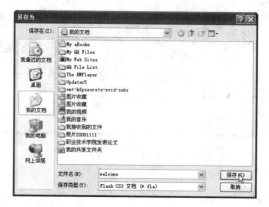

图 5.41　保存动画文件

5. 导出影片

下面将 Flash 动画导出成影片，以备将来插入到网页中。如图 5.42 所示，单击"文件"菜单，在下拉菜单中选择"导出"下的"导出影片"命令。

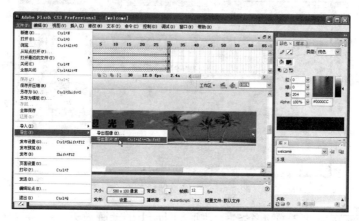

图 5.42　选择"导出影片"命令

如图 5.43 所示，在打开的"导出影片"对话框中，输入文件名，单击"保存"按钮，将影片保存，将来可以随时插入到网页中。另外，也可以更改保存类型为 GIF 文件，生成 GIF 动画。

四、将动画 Banner 应用到网页中

在 Dreamweaver 中将网站主页打开，删除左上角的图片，空出位置，准备将导出的 Flash 影片插入到该位置。

将光标移动到单元格中，单击常用面板下的

图 5.43　保存影片文件

"媒体"，在下拉菜单中选择"Flash"命令，如图 5.44 所示。

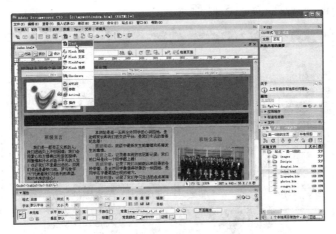

图 5.44　插入 Flash 媒体

在打开的"选择文件"对话框中选择生成的 Flash 影片文件，注意文件的类型是 Shockwave Flash Object，文件的扩展名是 SWF。然后单击"确定"按钮，如图 5.45 所示。

图 5.45　选择 Flash 影片文件

在返回的 Dreamweaver 操作界面中，可以发现 Flash 影片已经被插入，但由于使用了控件，Flash 影片的内容并没有显示出来，如图 5.46 所示。

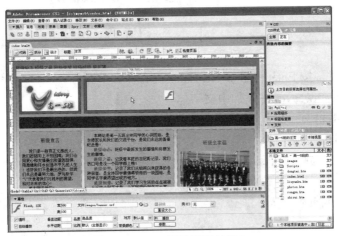

图 5.46　Flash 影片已经被插入

通过预览功能，将网页在浏览器中打开，可以发现 Flash 影片显示在网页的正确位置上，而且动画内容不断循环播放，如图 5.47 所示。

图 5.47　在浏览器中预览网页的内容

五、Flash 与 Dreamweaver 整合应用

不仅仅 Fireworks 能够与 Dreamweaver 整合使用，Flash 也能够与 Dreamweaver 整合使用。在网页制作过程中，插入 Flash 文本与 Flash 按钮就是整合使用的典型例子。

在 Dreamweaver 中，还可以直接调用 Flash 对网页中已插入的图片或动画进行编辑。如在图 5.48 所示的 Dreamweaver 窗口中，选中图片，然后在"属性"面板中单击"编辑"按钮，即可打开 Flash。

图 5.48　单击"编辑"按钮打开图片的编辑状态

习　　题

1. 文本换行时，按 Enter 键和 Shift+Enter 键有什么不同？
2. 怎样在 Dreamweaver 中添加中文字体？
3. 怎样打开编辑 HTML 代码的窗口？
4. 怎样在行首缩进两格？
5. Flash 动画分为哪几种？它们之间有什么不同？
6. 补间动画分为哪几种？它们之间有什么不同？
7. 怎样导出 Flash 影片？

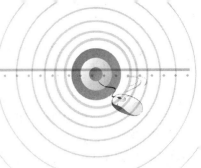

第六章

在网站中建立超链接

WWW 浏览之所以如此流行，一个重要的原因是超链接这一概念的存在。超链接允许我们从自己的页面出发直接指向 Internet 上存在的任何一个其他页面，或者说，在一台计算机上可以打开 Internet 上成千上万的网页文件。

根据链接的范围，超链接可以分为内部超链接、外部超链接和锚记超链接。内部超链接是指打开的超链接对象在本网站内；外部超链接是指打开的超链接对象在 WWW 的其他网站中；而锚记超链接可以链接到同一网页中的不同位置，类似于书签。根据建立超链接的不同对象，超链接又可以分为文本超链接和图片超链接。

第一节　建立文本超链接

文本超链接是最基本的一种超链接，在早期的网页制作过程中常常使用文本超链接。它的特征是，关键词呈蓝色，而且带有下划线。现在，随着宽带技术的普及，特别是网页制作技术的发展，那种蓝色带有下划线的超链接关键词已经很难见到了。

一、创建网站内文本超链接

其实，我们在建立网站地图以后，Dreamweaver 已经自动在主页上建立了到各个网页上的超链接，如图 6.1 所示。当我们在浏览器中将鼠标指针移动到这些文字上时，鼠标指针会变成手形，单击鼠标会打开另一个网页。这个链接就是一个文本超链接，带下划线的文字称为热区文本。

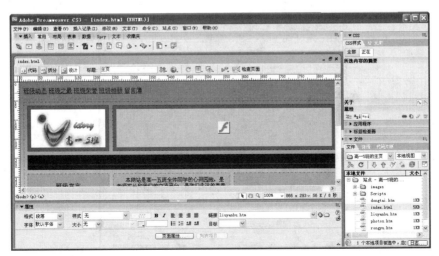

图 6.1　单击"浏览文件"按钮

图中自动生成的文本超链接是一组导航文本，的确为我们制作网页提供了方便。但是这一形式有些呆板，在本部分的实例中，将删除这些导航文本超链接，而是在主页的文字中选择合适的热区文本，并设置超链接。

在网页"index.htm"中选取正文中间部分的"班级动态"这几个字，将其作为建立超链接的热区文本。单击"属性"面板中，链接框后面的"浏览文件"按钮 🗀，打开"选择文件"对话框，如图 6.2 所示。

图 6.2 单击"浏览文件"按钮

如果"属性"面板没有打开，可以使用三种方法将它打开：① 单击窗口底部的按钮 ▶；② 单击"窗口"菜单，在打开的下拉菜单中选择"属性"；③ 使用组合键 Ctrl+F3。

在"选择文件"对话框中，选择网页文件"dongtai.htm"，单击"确定"按钮，如图 6.3 所示。

图 6.3 选择网页文件"star.html"

在编辑区域任意位置，单击鼠标，取消热区文本的选取。可以发现"班级动态"几个字变成蓝色，并出现下划线，如图 6.4 所示。

图 6.4 "班级动态"建成超链接

除了使用上面的方法以外，还可以使用拖曳的方法。选中热区文本以后，在"属性"面板中单击锚记标记❸，拖曳到右面"文件"面板中的网页"dongtai.htm"上，松开鼠标，即完成超链接的建立，如图 6.5 所示。

图 6.5 通过拖曳建立超链接

单击菜单栏上的"文件"，打开"文件"菜单，单击"保存"命令保存网页。然后再次打开"文件"菜单，移动鼠标指针到"在浏览器中预览"上，在弹出的下一级子菜单中单击"iexplore"，将网页在浏览器中打开。移动鼠标到"班级动态"上，鼠标指针变成手形，如图6.6所示。单击鼠标，网页"dongtai.html 被打开。

试一试 用同样的方法为主页上的文字"班级之最"、"班级荣誉"、"班级相册"、"留言簿"建立超链接，分别链接到网页"zhizui.htm"、"rongyu.html"、"photos.html"、"liuyanbu.html"上，并在浏览器中预览超链接的效果。

图 6.6　单击超链接"班级动态"

二、创建网站外文本超链接

除了可以将主页上的文字与网站中的网页链接起来以外，还可以与网站外的文件相连，甚至可以是 Internet 上的网站。

在主页的合适位置输入"推荐网站链接区：新浪网 网易 百度 搜狐 中央电视台 新华网 腾讯 人民网 淘宝网 天空软件 凤凰网"等文字，如图 6.7 所示，下面的操作将把它们与相应的网站链接起来。

图 6.7　输入文字

首先选中"网易"两个字，然后在"属性"面板的"链接"栏中输入"网易"的 Internet 地址：http://www.163.com，如图 6.8 所示。

图 6.8　在"属性"面板中输入"网易"的网址

保存网页后，按 F12 键，在浏览器中将网页打开。将鼠标指针移动到"网易"两个字上，可以看到鼠标指针变成手形，单击鼠标，如果你已经连接到 Internet 上，则网易的主页会被打开。

试一试　为"搜狐"、"百度"和"新浪"等创建超链接，将它们与相应的网站链接起来。

三、创建电子邮件超链接

在网页的制作过程中，要处处体现出以浏览者为中心，即处处为浏览者提供方便。电子邮件超链接是为浏览者与网页所有者之间架起的沟通的桥梁。浏览者只需单击电子邮件超链接，就可以打开电子邮件编写软件，并且自动输入电子邮件地址，非常方便。下面我们就来看一下如何建立电子邮件超链接。

拖动鼠标选中文字"Email:gao15@163.com"为热区文本。单击菜单栏上的"插入记录"菜单，在弹出的下一级子菜单中选择"电子邮件链接"命令，打开"电子邮件链接"对话框，如图 6.9 所示。

图 6.9　选择"电子邮件链接"命令

在"电子邮件链接"对话框中可以发现,"文本"栏中自动出现"Email:gao15@163.com"几个字,也就是电子邮件超链接的热区文字。在"E-mail"栏中输入网页制作者的电子邮件地址,如图 6.10 所示,图中输入的是"gao15@163.com",单击"确定"按钮。

图 6.10　"电子邮件链接"对话框

另外,若直接在"属性"面板的"链接"栏中输入"mailto:gao15@163.com",也可以达到同样的效果,如图 6.11 所示。注意:"mailto:"与电子邮件地址(此处为 gao15@163.com)之间不能有空格。

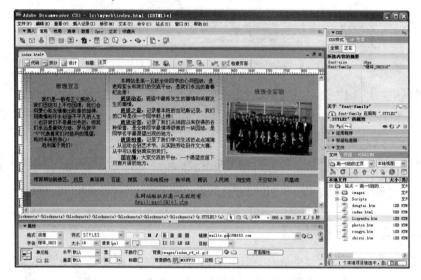

图 6.11　在"属性"面板中直接输入电子邮件地址

保存网页后,在浏览器中预览网页,单击"Email:gao15@163.com",如图 6.12 所示。电子邮件编辑软件"Outlook Express"自动打开,同时收件人的电子邮件地址自动显示在"收件人"一栏中,如图 6.13 所示。

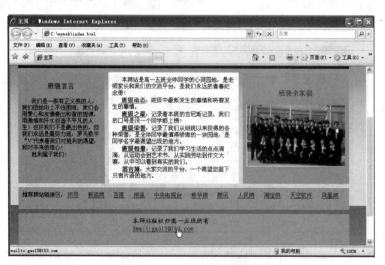

图 6.12　单击电子邮件超链接

图 6.13　Outlook Express 自动打开

在预览过程中如果发现超链接发生错误，可以随时进行修改。

四、修改超链接

在编辑窗口中选中需要修改的超链接的热区文本，然后在"属性"面板的"链接"文本栏中便可以进行修改，修改完后用鼠标在任意区域单击即可。也可以单击"修改"菜单，在弹出的菜单中单击"更改链接"命令，如图 6.14 所示。

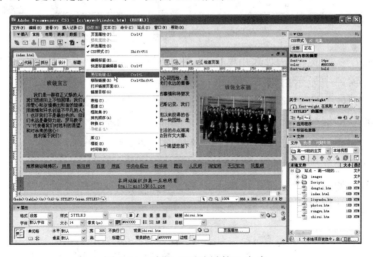

图 6.14　选择"更改链接"命令

打开"选择文件"对话框，在其中重新选择需要链接的文件或输入正确的网址，单击"确定"按钮完成修改。

　　　　每次修改完毕，都需要对修改结果进行保存，方法同前。

五、创建重新打开一个窗口的超链接

我们在浏览网页的时候，常常会遇到这种情况，在打开超链接时，网页内容并没有显示在已打开的 IE 窗口中，而是重新打开一个窗口，在新开窗口中显示所链接的内容。这种形式的超链接可以使浏览者非常方便地在各个窗口间查询信息，这是通过框架来实现的。

在网页中选取"网易"，在"属性"面板中单击"目标"右边的▼，在下拉菜单中选择"_blank"，然后将网页保存，如图 6.15 所示。

图 6.15　"目标"选择"_blank"

保存网页后，在浏览器中浏览并单击超链接热区文本，可以发现所链接的网页"每周一星"在新打开的窗口中显示出来。

除了_blank 以外，链接目标还有三个选项，这三个选项都与框架有关。_parent 表示在显示链接的框架的父框架集中打开链接的文档，同时替换整个框架集，也就是说整个框架文件被覆盖。_self 表示在当前框架中打开链接，同时替换该框架中的内容。_top 表示在当前浏览器窗口中打开链接的文档，同时替换所有框架。

其实在使用框架时，还会显示框架的名称，这样可以选择一个命名框架以打开该框架中链接的文档，这是使用最广泛的一种方式。

第二节　建立图片超链接

除了文字以外，图片也可以建立超链接，而且还可以利用热区功能为图片的不同位置建立不同的超链接。图片的热区与文字的热区文本相似，它是图片上的一部分，单击这一部分可以打开相链接的网页。

一、创建整个图片超链接

选中主页右侧的全家福照片，在"属性"面板中单击"链接"右边的锚记标记◎，拖曳到右面"文件"面板中的网页"photos.htm"上，松开鼠标，即完成超链接的建立，如图 6.16所示。在网页任意位置单击鼠标，保存网页。这样就为图片文件建立了超链接。

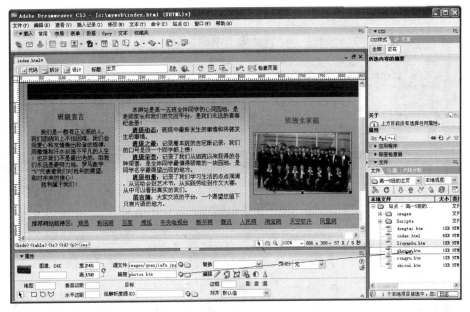

图 6.16　为图片文件建立了超链接

在浏览器中预览网页，单击电子邮件图片，相应文件被打开。

二、创建图片热区超链接

我们还可以利用图片热区为图片的不同位置建立不同的超链接。在主页表格第二行插入一个写有各链接文本的图片文件，如图 6.17 所示。之所以这样做，可以解决文本超链接在不同浏览器中可能存在不同样式的问题，而且采用图片可以产生特殊效果，使网页看起来更漂亮。

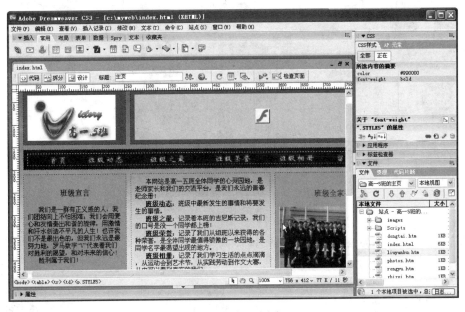

图 6.17　插入图片

选中整个图片，用鼠标单击"属性"面板的"矩形热点工具"按钮▯，如图6.18所示。

图6.18　单击"矩形热点工具"按钮

在被选中的整个图片上拖动鼠标指针，画一个虚框将"班级动态"框中，可以发现被选区域变虚。在"属性"面板中单击"链接"右边的锚记标记◎，拖曳到右面"文件"面板中的网页"dongtai.htm"上，松开鼠标，即完成超链接的建立，如图6.19所示。这样在浏览器中浏览网页时，当鼠标指针移动到刚才变虚的被选区域上时，鼠标指针会变成手形，作为有超链接的提示。

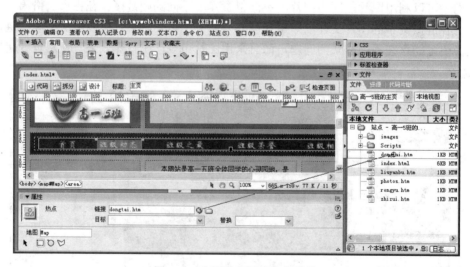

图6.19　为图片热区建立超链接

试一试　用同样的方法，重复上述操作，可以为图片上的不同位置建立不同的超链接。

保存网页后，在浏览器中预览网页，移动鼠标指针到图片的不同位置，鼠标指针变成手形，单击鼠标，相应网页被打开被打开，如图6.20所示。

图 6.20　单击图片热区超链接

第三节　书　　签

一、网页书签

网页中所谓的书签，就是到达网页中某个具体位置的链接，即锚记超链接。当网页内容过长时，使用书签可以快速地浏览到所关心的信息。例如，在网页"班级荣誉"中介绍了各级别荣誉的相关信息，如果不使用滚动条，我们只能看到其中的几种。下面为每一种都建立书签，单击书签后，该级别的荣誉介绍就会出现在屏幕顶端。

二、制作网页书签

制作网页书签，即创建锚记超链接。首先在网页的顶端输入书签说明文本，如图 6.21 所示。这些说明文本也是书签的热区文本。

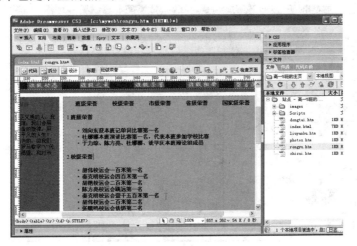

图 6.21　输入书签说明文本

我们以"市级荣誉"的书签制作为例，来学习如何创建锚记超链接。拖动滚动条至网页底部，将光标置于"市级荣誉"几个字的前面，单击菜单栏上的"插入记录"，在弹出的下拉菜单中选择"命名锚记"，如图 6.22 所示。也可以单击"插入"面板"常规"选项卡的"命名锚记"按钮。

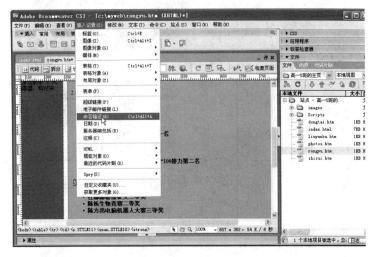

图 6.22　选择"命名锚记"命令

在打开的"命名锚记"对话框中输入"市级荣誉"作为锚记的名称，如图 6.23 所示，单击"确定"按钮。则在刚才选中的"市级荣誉"旁边出现一个锚记的标记，如图 6.24 所示。

图 6.23　输入锚记名称

图 6.24　锚记标记出现在"市级荣誉"旁边

拖动滚动条到网页顶端，选中网页顶端的"市级荣誉"几个字，用鼠标拖动"属性"面板中的 到正文"市级荣誉"旁边的锚记标记上。这时，可以发现"属性"面板的"链接"栏中出现"#市级荣誉"，如图 6.25 所示。松开鼠标，网页顶端的"市级荣誉"几个字变成蓝色并带有下划线，如图 6.26 所示。

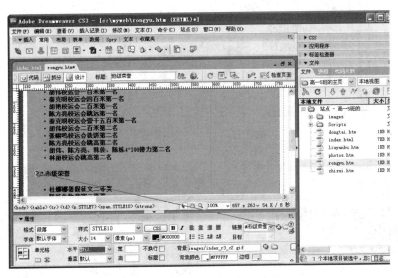

图 6.25　拖动锚记标记

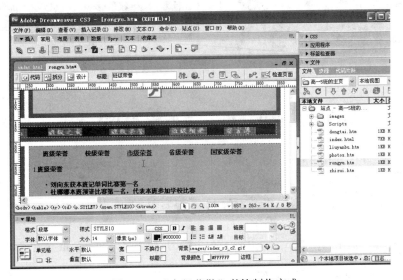

图 6.26　"市级荣誉"书签制作完成

用同样的方法，将网页顶端其他文本均制作成书签，效果如图 6.27 所示。

保存网页后，在浏览器中预览网页，单击网页顶端的"班级荣誉"，如图 6.28 所示。则正文中的"第十周"出现在窗口中，如图 6.29 所示。

图 6.27　书签制作完成

图 6.28　单击"市级荣誉"

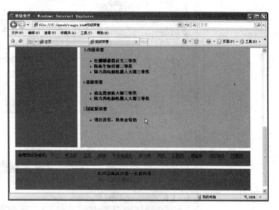

图 6.29　"市级荣誉"出现在窗口中

第四节　应用 Flash 文本和 Flash 按钮

Dreamweaver、Flash 和 Fireworks 合称为"网络三剑客"，在利用 Dreamweaver 制作网页的过程中，可以随时调用 Flash 和 Fireworks 来为网页制作动态效果或处理图片。Dreamweaver 也内建了一些 Flash 的功能，使我们不必安装 Flash，就可以制作 Flash 动态文本和 Flash 按钮，并创建超链接。

下面我们就将主页上下面的文本超链接换成 Flash 动态文本或 Flash 按钮。

一、使用 Flash 文本创建超链接

在 Dreamweaver 中打开网页"index.htm"，将超链接文本"网易"两个字删除，并让光标出现在原来的位置。单击"插入"面板中的"媒体"，打开"媒体"下拉菜单，如图 6.30 所示。

在"媒体"下拉菜单中选择"Flash 文本"，打开"插入 Flash 文本"对话框，在"插入 Flash 文本"对话框的"文本"栏中，输入文字"网易"，如图 6.31 所示。

单击"字体"栏右边的 ▼，选择字体为"楷体_GB2312"，字体大小为"20"，如图 6.32 所示。

图 6.30　打开"媒体"下拉菜单

图 6.31　"插入 Flash 文本"对话框

图 6.32　"插入 Flash 文本"对话框

　　单击"转滚颜色"右边的，在调色板中选择蓝色为动态效果颜色，如图 6.33 所示。

　　单击"链接"栏右边的文字框，使光标出现在该文本框中，输入"网易"的因特网地址：http://www.163.com，如图 6.34 所示。这样单击 Flash 文本（"网易"）时将打开该网页，同时选择目标为_blank。

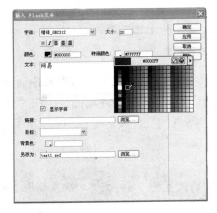

图 6.33　"插入 Flash 文本"对话框

图 6.34　"选择文件"对话框

网页制作
Dreamweaver、
Flash、
Fireworks
三剑客
综合实例教程

在"另存为"栏中输入 Flash 文件名称，如图 6.35 所示。注意文件名不能为中文，存放路径也不能有中文，文件扩展名为".swf"，当然也可以采用默认名称。如果单击文本框后面的"浏览"按钮，可以确定文件保存的位置。最后单击"确定"按钮，当弹出如图 6.36 所示的窗口时，输入说明文本，单击"确定"按钮，这时网页上出现 Flash 文本，如图 6.37 所示。

图 6.35　输入文件名

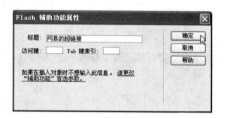

图 6.36　"Flash 辅助功能属性"对话框

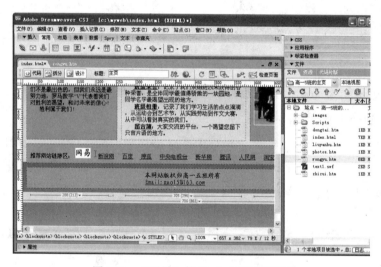

图 6.37　"网易"的 Flash 文本已经建立

此处需要说明的是，单击"确定"按钮，如果出现警告框，说明文件存放路径中有中文，Flash 文本设置无效，不能保存。在确认文件名没有使用汉字后，单击浮动面板组中"站点"菜单下的"编辑站点"命令，修改站点的设置，将保存网页的文件夹名更改为英文，可以重新设置 Flash 文本。

试一试　　重复上述操作步骤，将其他文本超链接均设置为 Flash 文本，结果如图 6.38 所示。

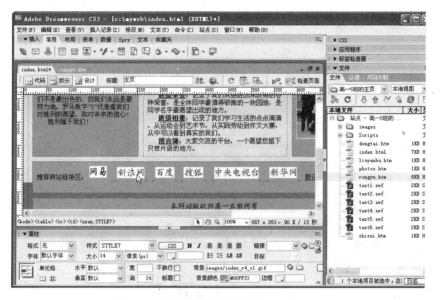

图 6.38　将其他文本超链接都换成 Flash 文本

保存网页后，单击"文件"菜单或者按 F12 键，将网页在浏览器中打开进行预览。移动鼠标指针到 Flash 文本上，文本变成蓝色，如图 6.39 所示。

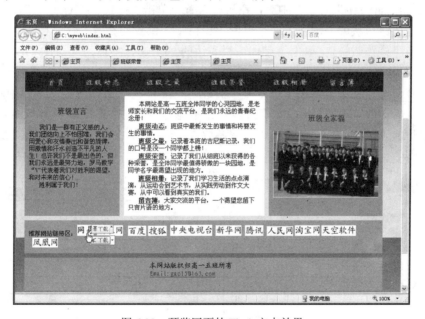

图 6.39　预览网页的 Flash 文本效果

二、使用 Flash 按钮创建超链接

除了可以设置 Flash 文本以外，还可以将有超链接的文本换成 Flash 按钮。下面将网页"rongyu.htm"中书签的文本超链接换成 Flash 按钮，并创建超链接。

在 Dreamweaver 中打开网页"rongyu.htm"，在网页中确定光标的位置，将"班级荣誉"、"校级荣誉"、"市级荣誉"、"省级荣誉"、"国家级荣誉"几个字删除。单击"插入"面板中的

"媒体"，打开"媒体"下拉菜单，在下拉菜单中选择"Flash 按钮"命令，如图 6.40 所示，打开"插入 Flash 按钮"对话框。

图 6.40 单击"Flash 按钮"

在"插入 Flash 按钮"对话框中对按钮进行设置。单击"样式"栏右边的滚动条，选择需要的按钮，则按钮形状就显示在上面"范例"一栏中，供我们参考；在"按钮文本"栏中输入按钮文本为"校级荣誉"；单击"字体"栏右边的■，选择字体为"楷体_GB2312"，大小为"20"，如图 6.41 所示。

在"链接"文本栏中输入书签的地址"#校级荣誉"；在"另存为"文本栏中输入 Flash 文件名称，注意文件名不能为中文，存放路径也不能有中文，文件扩展名为".swf"（也可以采用默认名称），如图 6.42 所示。最后单击"确定"按钮，网页上出现 Flash 按钮"校级荣誉"，如图 6.43 所示。

图 6.41 设置 Flash 按钮的文本属性

图 6.42 设置 Flash 按钮的链接和文件名

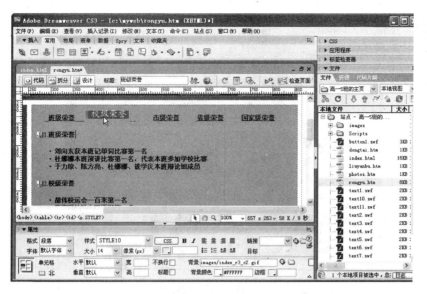

图 6.43　Flash 按钮"校级荣誉"已经插入

试一试　重复上述操作，为"班级荣誉"、"市级荣誉"、"省级荣誉"和"国家级荣誉"添加 Flash 按钮，结果如图 6.44 所示。

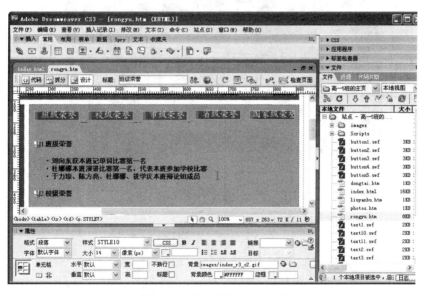

图 6.44　插入其他 Flash 按钮

　　保存网页后，单击"文件"菜单或者按 F12 键，将网页在浏览器中打开。由于使用了 Flash 的一些功能，浏览器可能会阻止这些控件的显示。在提示信息上单击鼠标右键，选择"允许阻止的内容"，可以显示 Flash 按钮，如图 6.45 所示。

　　移动鼠标指针到 Flash 按钮上，单击鼠标左键，按钮发生变化，如图 6.46 所示，之后，链接的网站主页被打开。

网页制作
三剑客
Dreamweaver、
Flash、
Fireworks
综合实例教程

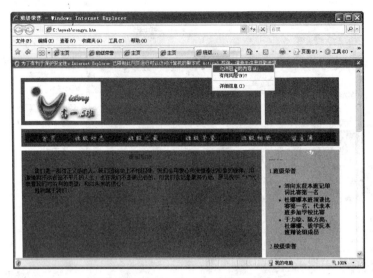

图 6.45 在浏览器中预览网页

图 6.46 预览网页最终效果

习　　题

1. 内部超链接、外部超链接和锚记超链接有什么不同？

2. 什么叫网页书签？有什么作用？

3. 什么叫热区文本？

4. 建立超链接有哪些方法？

5. 用直接输入的方法建立电子邮件超链接时，需要在电子邮件地址前输入什么？

6. 怎样设置图片热区？

7. Flash 文本超链接和 Flash 按钮超链接有什么不同？

第七章

应 用 CSS 与 行 为

第一节 在 网 页 中 应 用 CSS

一、CSS 及其分类

CSS 是 Cascading Style Sheets（层叠样式表单）的简称，是目前网页制作中普遍应用的一项技术。它通过设置 HTML 代码标签来实现对网页文本的字体、颜色、填充、边距和字间距等进行格式化操作；也可以用来定位网页上的图像、动画、滚动字幕以及其他的控件。

在制作网页的过程中，常常要思考这样一个问题，就是我们无法预知浏览者使用何种浏览器，其计算机分辨率是多少？宽屏显示器还是普通显示器？这些都会影响到网页中文字档大小，每一行文字的个数，进而就会影响到图文混排网页中图片的位置，造成在同一个网页在不同计算机上浏览看到不同效果的情况。

在制作网页时，特别是制作一个大型网站的不同网页时，常常要在不同网页的不同位置，为不同的文字或表格设定相同的格式。如果手工设定，不但浪费时间，而且浪费人力。那么有没有一种方法，简化这种工作流程呢？就像 Word 中的"格式刷"一样，只需轻轻拖动，就粘贴了特定的样式。

CSS 可以解决这个问题。在应用了样式表的网页中，如果要更改一些特定文本的样式风格，可以直接采用自定义的样式表，而不必频繁使用"属性"面板。而且，使用样式表还有一个好处，当别人浏览你的网页时，无论选择显示字体为何种大小，网页中的文字大小都不会变化。

对于设计者来说，CSS 是一个非常灵活的工具，它允许设计者在 HTML 文档中加入样式，不但不必再把繁杂的样式定义编写在文档结构中，而且可以将所有关于文档的样式指定内容全部脱离出来，在行内定义，在标题中定义，甚至作为外部样式文件供 HTML 调用。CSS 是当前网页设计中不可缺少的技术之一。

CSS 按应用的形式可以分为外部链接式 CSS 或嵌入式 CSS，外部链接式 CSS 是指可应用于整个网站中所有网页的 CSS，嵌入式 CSS 是指只应用于个别文档中的 CSS。

CSS 功能强大，应用范围很广，常常为网页创造出美妙的效果。鉴于实例的需要，下面介绍一下去除链接文字的下划线和设置行间距两个最简单的应用。

二、使用 CSS 样式增大行间距

我们前面学习过使用 Shift+Enter 组合键更改行间距的方法，但那种方法太呆板，只有两

种距离供大家选择，无法灵活应用。使用 CSS 样式可以轻松简单地增大行间距。

在 Dreamweaver 中打开网页"index.htm"，单击窗口右边"浮动面板"中"CSS"，在打开的面板中单击▣，在弹出菜单中选择 "新建"命令，如图 7.1 所示。

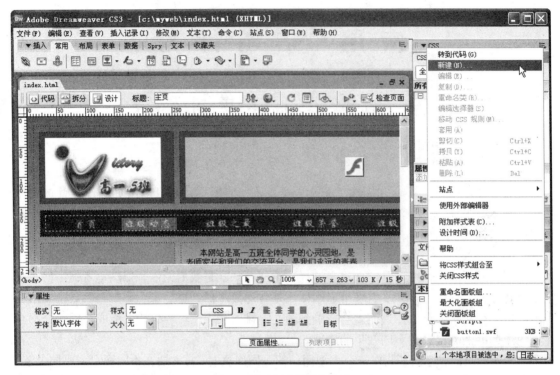

图 7.1 选择 "新建"命令

在"新建 CSS 规则"对话框中输入：.hangjv，作为样式名称，注意前面一个小数点，目的是避免与其他 HTML 标记混淆。选择"定义在"为"（新建样式表文件）"，单击"确定"按钮，如图 7.2 所示。

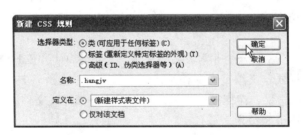

图 7.2 "新建 CSS 样式"对话框

在弹出"保存样式表文件为"对话框中，输入新建的 CSS 样式表的文件名，单击"保存"按钮，如图 7.3 所示。

在弹出"hangjv 的 CSS 样式定义"对话框中，单击行高右边的▣，在下拉选项中选择"（值）"，然后再将文本框中的"（值）"删掉，输入"20"，将行高值设为 20 像素，单击"确定"按钮，如图 7.4 和图 7.5 所示。

图 7.3 "保存样式表文件为"对话框

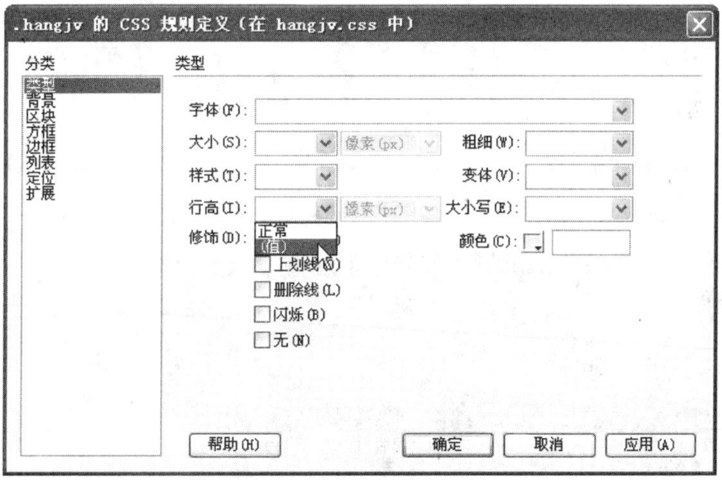

图 7.4 选择行高"（值）"

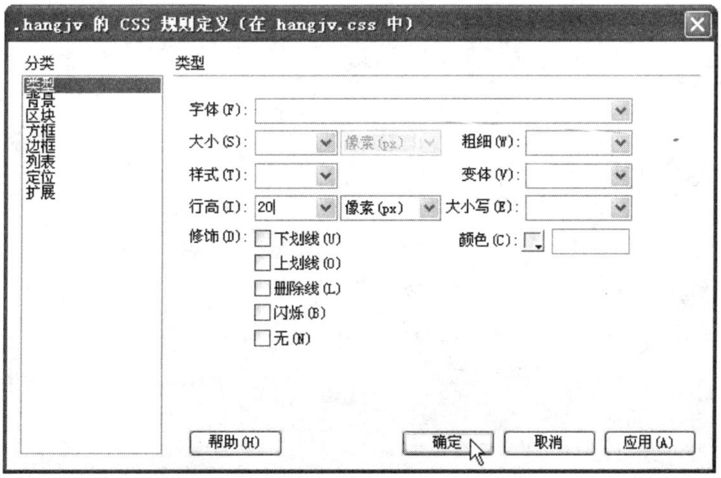

图 7.5 输入行高值为 20 像素

此时，在"CSS"面板中可以发现，出现了名为 huangjv.css 的一个样式，如图 7.6 所示。

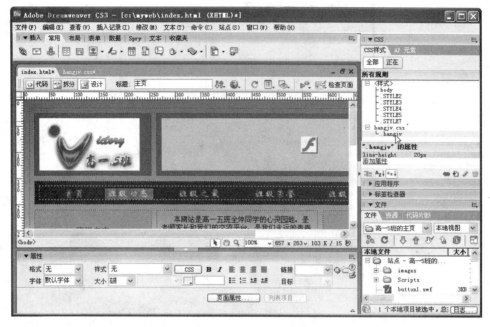

图 7.6　CSS 样式建立成功

在网页"index.htm"中单击鼠标，使光标出现在第一段文字中，右键单击样式表中的样式"hangjv"，在弹出的快捷菜单中选择"套用"，如图 7.7 所示，套用样式后第一段文字的行间距变成 20 像素，效果如图 7.8 所示。

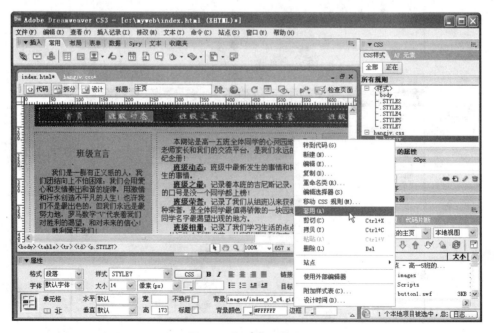

图 7.7　套用 CSS 样式

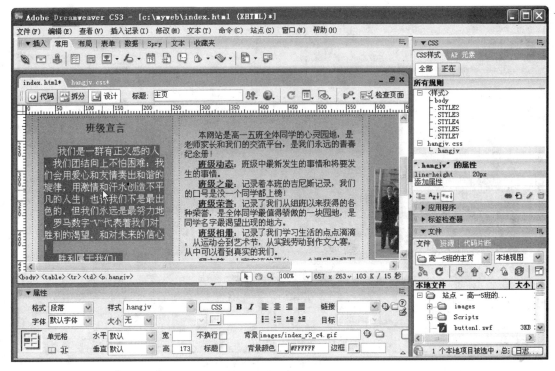

图 7.8 行间距发生变化

重复上一步操作，将网页中各段文字的行间距都更改成 20 像素的宽度，这显然要比 Shift+Enter 的方法来设定行间距要灵活得多了。

试一试 建立一个新的 CSS，在图 7.9 所示的对话框中，设定文字的字体为宋体，字号为 10 号，行间距为 20 像素，并应用到网页的各段文字中。这样无论浏览者使用何种分辨率的计算机浏览网页都是同样的网页布局。

三、使用 CSS 样式去掉超链接下划线

在使用文本超链接的网页中可以看到带有下划线的热区文字，虽然这些下划线对于超链接有提示作用，但往往影响美观。在实际的网页制作过程中，往往会把热区文字的下划线去掉，只有浏览者将鼠标指针移动到这些热区文本上变成手形，才会发觉此处有一个超链接。

使用 CSS 可以非常轻松地将这些下划线隐藏。

在 Dreamweaver 中打开网页 "indexr.html"。在窗口右边的 "CSS" 面板中单击🖳，如图 7.9 所示，打开 "新建 CSS 样式" 对话框。

在 "新建 CSS 规则" 对话框中，选择器类型选择 "高级"，单击 "选择器" 右边下拉框的🔽，在下拉选项中选择 "a:link"，这表示对超链接进行操作，如果选择 "a:hover"，表示鼠标指向链接时的效果；选择 "a:active"，表示链接激活时的效果；选择 "a:visited"，表示已点击过的链接效果。如图 7.10 所示，单击 "确定" 按钮。

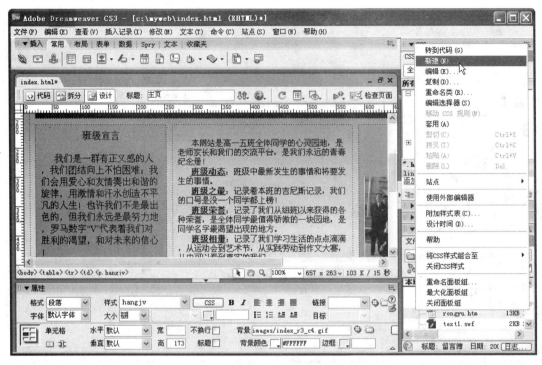

图 7.9　新建 CSS 样式

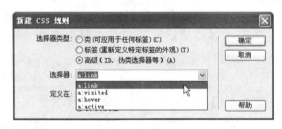

图 7.10　"新建 CSS 样式"对话框

在"a:link 的 CSS 样式定义"对话框中，选择"无"，如图 7.11 所示，单击"确定"按钮。

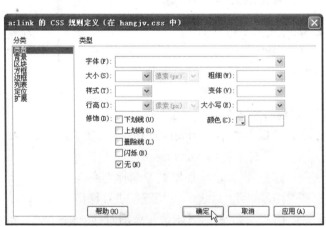

图 7.11　"a:link 的 CSS 样式定义"对话框

此时，可以发现网页上的"班级动态"等超链接热区文本的下划线已经消失，如图 7.12 所示。

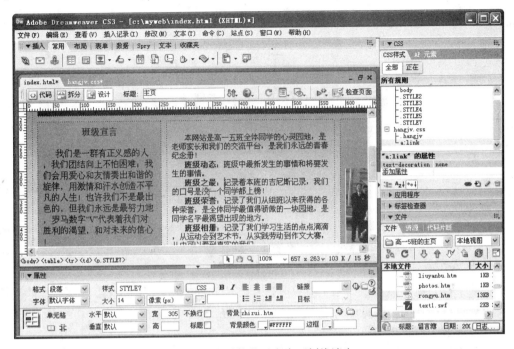

图 7.12 超链接热区文本下划线消失

在 IE 浏览器中将网页打开，可以发现超链接热区文本都没有下划线，如图 7.13 所示。

图 7.13 在浏览器中也看不到下划线

网页制作三剑客 Dreamweaver、Flash、Fireworks 综合实例教程

试一试 建立新的 CSS，设定点击过的链接效果也没有下划线。

第二节　在网页中使用行为

一、行为

所谓"行为"，就是响应网页中的某一事件而采取的一个动作。事件是动作被触发的结果，而动作是用于完成特殊任务的预先编好的 Java 代码。例如，我们在浏览网页时，当鼠标指针移动到某个图像上时，图像变成了另一幅图像，当鼠标移开以后，图像恢复原状。在这个行为中，事件是鼠标移动到图像上，动作是用另一幅一样大的图像替代原来的图像。

当把某个行为赋予网页中的某个对象时，也就定义了一个动作，以及与之相对应的事件。事件可以是鼠标的移动，网页的打开与关闭、键盘的使用等，动作可以是弹出问候语、刷新页面、播放声音、检查用户浏览器等。

在网页中添加行为即可将该行为附加到整个文档中，同时网页中的所有元素，包括链接、图像、表格以及其他的 HTML 对象都被赋予这个行为。一个事件可以关联多个动作，每个动作执行的先后次序由浮动面板中行为的排列顺序决定。

Dreamweaver CS3 提供了 15 种基本的行为，将这些基本行为应用到网页中就可以实现一些特殊的作用。

二、使用行为为网页添加背景音乐

在浏览网页时，我们经常可以遇到这样的情况：当打开关于森林的网页时，音箱里会传出几声鸟鸣，打开关于书法、国画的网页时又听到优美的古乐曲。这都是使用了背景音乐的缘故。

添加背景音乐可以使网页突出多媒体功能。但考虑到网络传播速度，采用的声音文件最好是 MIDI 格式，不要用 WAV 文件。音乐也最好采用轻音乐、流水声、鸟叫声或者其他与网页内容相关的声音文件，并且声音文件要提前复制到"网页素材"文件夹中。

下面我们就来学习如何为网页添加背景音乐。

在 Dreamweaver 中打开网页文件"index.htm"，单击窗口右下角的按钮 **\<body\>**，选中整个网页，如图 7.14 所示。

单击"窗口"菜单，在其下拉菜单中选择"行为"命令，如图 7.15 所示。这时右边浮动面板中的"行为"选项卡被打开。

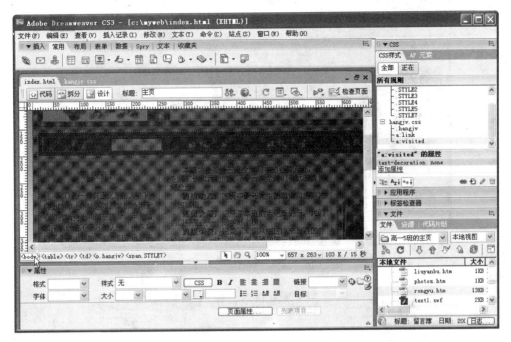

图 7.14　单击"<body>"操作

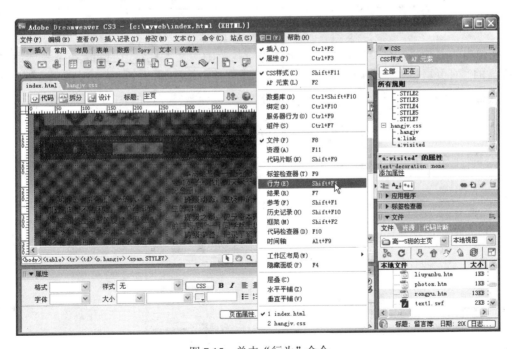

图 7.15　单击"行为"命令

在"行为"选项卡中单击 ，在弹出的菜单中选择"建议不再使用"下的"播放声音"，如图 7.16 所示，打开"播放声音"对话框。

在"播放声音"对话框中，单击"浏览"按钮，如图 7.17 所示。

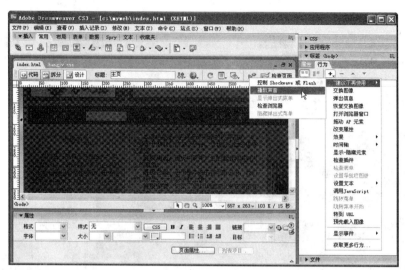

图 7.16   选择"播放声音"命令

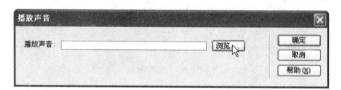

图 7.17   "播放声音"对话框

在弹出的"选择文件"对话框中，单击"查找范围"文本栏右边的▼，在下拉选项中选择 C 盘的"网页素材"文件夹并打开，选中声音文件"music.wav"，如图 7.18 所示，单击"确定"按钮。

图 7.18   选择声音文件

由于声音文件"music.midi"不在当前的网站中，所以会弹出一个提示对话框，如图 7.19 所示，只需单击"是"即可。

在弹出的"拷贝文件为"对话框中，双击文件夹"images"，将它打开，如图 7.20 所示。最后单击"保存"按钮，将声音文件保存到当前站点的文件夹"images"中。

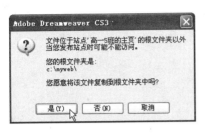

图 7.19 提示对话框

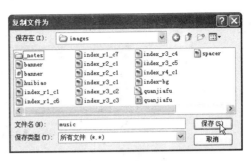

图 7.20 复制文件

返回"播放声音"对话框，单击 确定 按钮，完成设置，如图 7.21 所示。

图 7.21 完成播放声音的设置

打开音箱，按 F12 键，在浏览器中将网页打开，你就可以一边预览网页一边听音乐了。

三、使用行为弹出对话框

有一些网页常常自动弹出一些信息供浏览者阅读，这些信息可以是一些友好的问候语，也可以是与网页相关的提示语。

实现这一功能有两种方法，一种是采用"弹出信息"行动，另一种是采用"调用 JavaScript"行为。

先看第一种方法。

在 Dreamweaver 中打开网页文件"index.htm"，单击窗口右下角的 <body> 按钮，在"行为"选项卡中单击 ➕，在弹出的菜单中选择"弹出信息"，如图 7.22 所示。

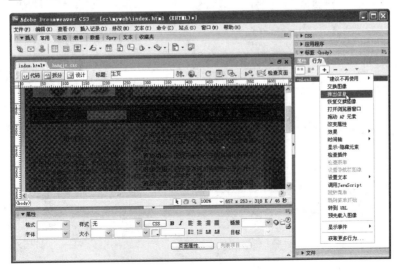

图 7.22 选择"弹出信息"命令

在打开的"弹出信息"对话框中，输入要显示的信息，单击"确定"按钮，如图7.23所示。

图 7.23　输入信息

在"行为"选项卡中可以看到"弹出信息"的行为已经被添加上了，如图7.24所示。

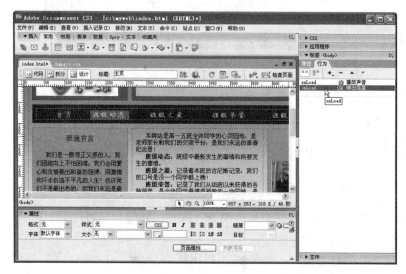

图 7.24　"弹出信息"行为被添加

按 F12 键，预览网页，可以发现在浏览器上弹出一个对话框，如图7.25所示。只有单击"确定"按钮，关闭该对话框，才能继续浏览网页。

图 7.25　弹出信息对话框

第二种方法采用"调用 JavaScript"行为也可以达到同样的效果。重复前面的操作至打开"行为"选项卡，在 + 的下拉菜单中选择命令"调用 JavaScript"，如图 7.26 所示。

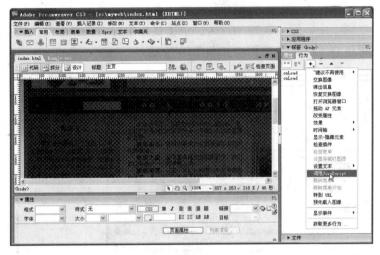

图 7.26　选择"调用 JavaScript"命令

　　在打开的"调用 JavaScript"对话框中输入"alert（'请确认您所使用的浏览器为 IE5.5 以上版本，否则无法正常显示网页的动态效果！'）"，如图 7.27 所示，最后单击"确定"按钮。

图 7.27　在"调用 JavaScript"对话框中输入信息

　　按 F12 键，预览网页，会发现弹出第一个对话框，单击"确定"按钮关闭第一个对话框后，弹出第二个对话框，如图 7.28 所示。

图 7.28　弹出第二个对话框

弹出对话框，虽然可以让浏览者在浏览网页时，注意到其他的信息，但也有一些缺点。一是该方法过于呆板，不关闭对话框，就无法浏览网页；二是表现方法单一，只能是文本，效果不够生动。在因特网上，常常用窗口替代对话框。

在"行为"选项卡中，选中新建的行为，单击鼠标右键，在弹出的快捷菜单中选择"删除行为"命令，可以将这些行为删除，如图7.29所示。

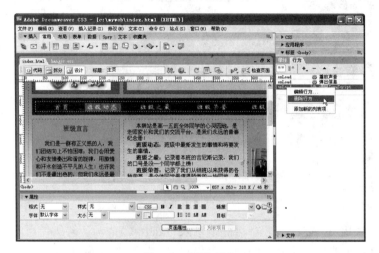

图7.29　删除行为

四、使用行为弹出网页窗口

我们在浏览新浪、搜狐等网站时，可以发现，在打开主页时，会自动弹出一些广告窗口，这些窗口就是一个小的网页，通常是Flash动画或颜色鲜艳的静态网页。利用行为中的"打开浏览器窗口"可以实现上述功能。下面我们就来学习具体的设置方法。

在Dreamweaver中打开网页文件"index.htm"，移动鼠标到窗口右边的"文件"浮动面板中，打开"站点"选项卡，在该选项卡中单击鼠标右键，在弹出的快捷菜单中选择"新建文件"命令，如图7.30所示。

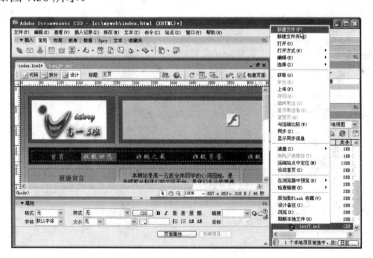

图7.30　选择"新建文件"命令

将新建的网页文件改名为"hello.htm"，如图 7.31 所示。

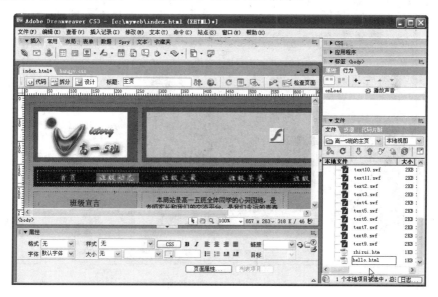

图 7.31　更改文件名

双击网页文件"hello.htm"，将它打开，编辑网页的内容并保存，注意内容不要过多。结果如图 7.32 所示。

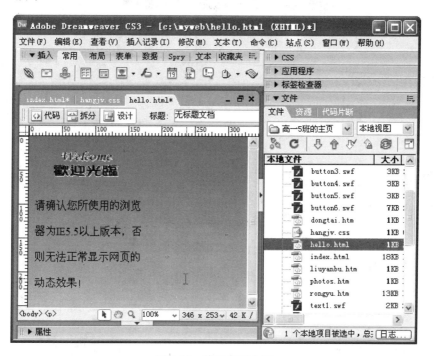

图 7.32　编辑网页内容

125

单击编辑窗口上方的 index ∗，切换到网页"index.htm"的编辑窗口。然后单击编辑窗口左下方的 <body>，在"行为"选项卡中单击 ，在下拉菜单中选择"打开浏览器窗口"命令，打开"打开浏览器窗口"对话框，如图 7.33 所示。

网页制作
三剑客
Dreamweaver、
Flash、
Fireworks
综合实例教程

图 7.33 选择"打开浏览器窗口"命令

在"打开浏览器窗口"对话框中，单击"浏览"按钮，打开"选择文件"对话框，如图 7.34 所示。

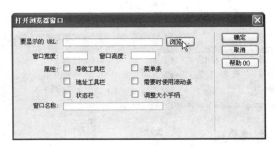

图 7.34 "打开浏览器窗口"对话框

在"选择文件"对话框中，选中"hello.htm"文件，如图 7.35 所示。单击"确定"按钮，返回"打开浏览器窗口"对话框。

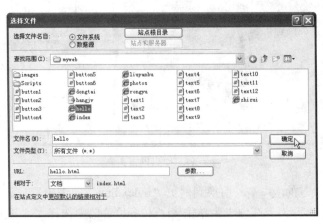

图 7.35 选取文件"hello.html"

在"打开浏览器窗口"对话框中，输入弹出窗口的大小以及窗口名称，窗口大小的值并不是网页窗口的实际大小，而是它显示时的大小，如图 7.36 所示，单击"确定"按钮。

在 Dreamweaver 窗口中可以发现，"打开浏览器窗口"已经出现在"行为"选项卡中，如图 7.37 所示。

图 7.36 输入窗口属性

图 7.37 "打开浏览器窗口"行为被添加

按下 F12 键，在浏览器中预览该网页，可以看到在打开主页的同时，弹出小窗口"hello.html"，如图 7.38 所示。

127

图 7.38 弹出网页窗口

习　　题

1. 样式在网页制作过程中有什么作用？
2. CSS 是什么含义？
3. 什么是行为？有什么作用？
4. "弹出窗口"行为与"弹出对话框"行为相比有什么优点？

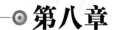

第八章

AP 元 素 与 时 间 轴

第一节 应 用 AP 元 素

一、AP 元素的作用

在 Dreamweaver 中，AP 元素用来控制浏览器窗口中对象的位置，它可以放置在页面的任何位置上。AP 元素是分配有绝对位置的 HTML 页面元素，是一种绝对定位元素。AP 元素可以包含文本、图像或其他任何可放置到 HTML 文档正文中的内容。

在 Dreamweaver CS 以前的版本中使用"层"这个概念，通过在网页中插入层，可以方便地确定该层中文本、图像等对象的位置。但 Dreamweaver CS 彻底用 AP 元素这个概念取代了"层"这个概念，两者之间有相似之处，但 AP 元素的功能更强大一些，特别是和 CSS 相结合在网页布局方面有强大的功能。

在网页中实现图文混排，我们已经学习了两个方法：表格和布局视图。利用 AP 元素也可以设计页面的布局，实现网页中的图文混排，并且由于各 AP 元素的位置可以任意移动，所以 AP 元素中的网页对象也可以出现在网页的任意位置。

可以这样理解 AP 元素在网页中的作用：AP 元素就像是挂在墙壁上的油画，参观者看到的是墙壁和油画的整体，而挂画时画的位置并不受墙壁的制约，可以选择在墙壁的任意位置上。

我们可以将 AP 元素放置到其他 AP 元素的前面或后面，隐藏某些 AP 元素而显示其他 AP 元素。也可以在一个 AP 元素中放置背景图像，然后在该 AP 元素的前面放置另一个包含带有透明背景的文本的 AP 元素。通过下面的例子，你会逐渐理解 AP 元素的强大作用。

二、使用 AP 元素规划布局实现图文混排

下面以在网页"rongyu.htm"中实现图文混排的效果，借此说明 AP 元素的使用方法。

首先，在 Dreamweaver 中打开网页文件"rongyu.htm"，然后在正文区域插入一幅图片。从图 8.1 中可以发现，文字与图片之间的位置不协调。

现在，我们通过插入 AP 元素，将图片和文字放置在不同的 AP 元素中，借此实现图文混排的效果。

在编辑区域中单击鼠标，使光标出现在编辑区中，然后按 Enter 键，在顶端空出几行。移动鼠标指针到"插入记录"菜单中，选择"布局对象"下的"AP Div"命令，如图 8.2 所示。

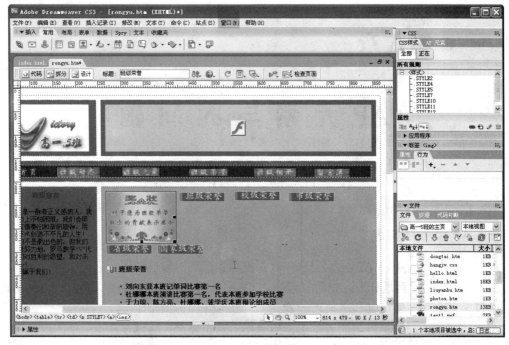

图 8.1 在网页"index.htm"中插入图片

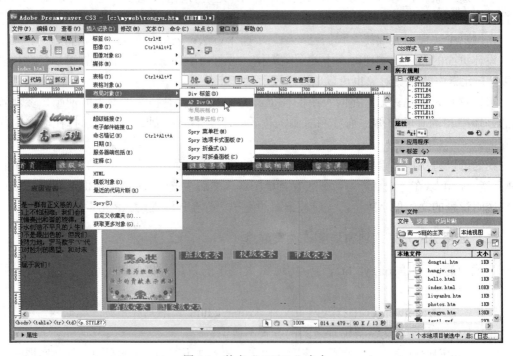

图 8.2 单击"AP Div"命令

此时在网页编辑区出现一个区域，如图 8.3 所示。

重复上述操作，再次插入两个新的 AP 元素区域，注意在插入时，光标不要出现在第一个 AP 元素区域中，否则就形成的嵌套。这样在该单元格中共插入 3 个 AP 元素。注意，每插入一个新的 AP 元素，在浮动面板的"AP 元素"选项卡就会增加一个标记，如图 8.4 所示。单击该标记可以选中其所对应的 AP 元素。

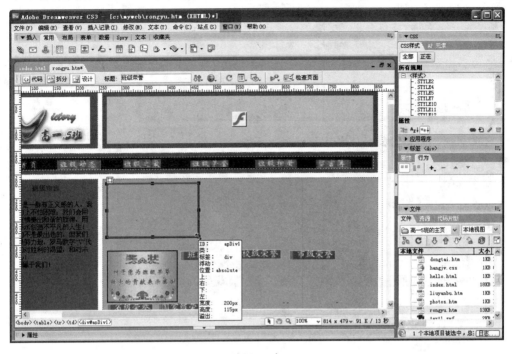

图 8.3 插入一个 AP Div

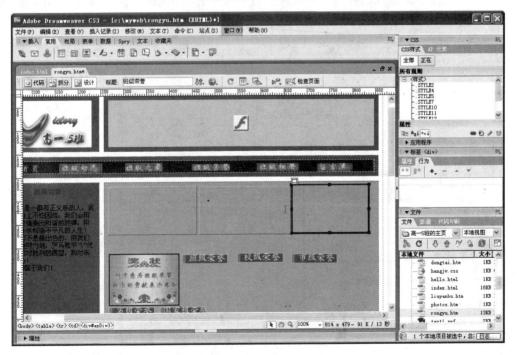

图 8.4 插入 3 个 AP 元素

选中 AP 元素，移动它们的位置，使得两个 AP 元素占据第一行，另一个 AP 元素占据

131

第二行，我们将图片移到左上方的区域中，文字移到右上方和下面的区域中，如图 8.5 所示。

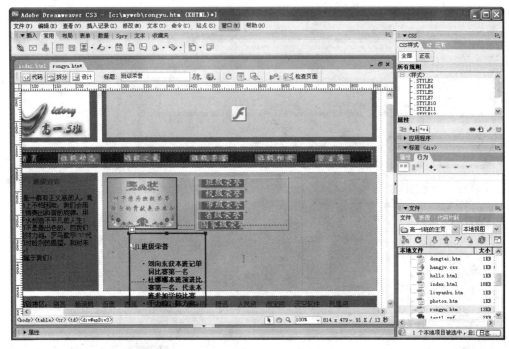

图 8.5　移动图片和文字

选中 AP 元素。将鼠标指针移动到框线的右下角 ▄ 上，当鼠标指针变成 ↘ 时，拖动鼠标，更改 AP 元素的大小，如图 8.6 所示。

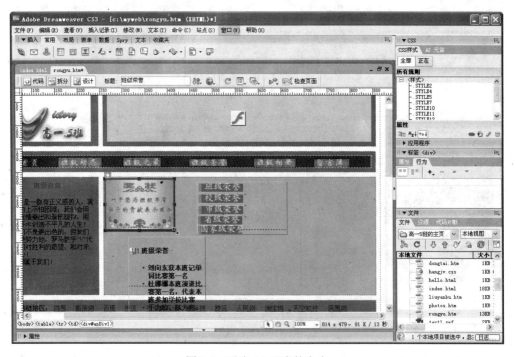

图 8.6　更改 AP 元素的大小

调整文字的位置距离等设置，结果如图 8.7 所示。

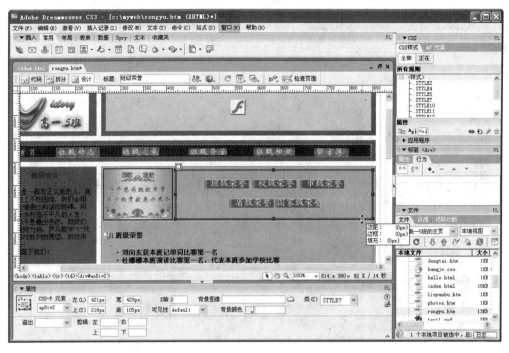

图 8.7　调整网页中的元素

用鼠标单击"文件"菜单，在弹出的菜单中选择"保存"命令，将网页文件保存，如图 8.8 所示。

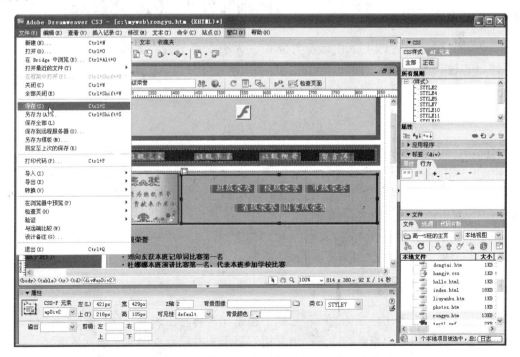

图 8.8　保存网页文件

在浏览器中将网页打开，可以看到图文混排的效果，如图 8.9 所示。

图 8.9　预览图文混排的网页效果

第二节　AP 元素与时间轴配合使用的动态效果

　　利用时间轴，通过改变 AP 元素的位置、大小、可见性、重叠顺序等，可以在页面中创建出各种类型的动态效果。所以说灵活使用时间轴和 AP 元素对于制作动态网页非常重要。

一、时间轴

　　时间轴在网页制作过程中主要用于动态效果的实现，它在网页中所体现出来的动态效果是利用 DHTML 语言来实现的。DHTML 语言，也就是动态的 HTML，是一种能够使用脚本语言来改变网页样式或位置的语言。通过 DHTML 来改变 AP 元素的属性，或是通过时间轴各帧上的一系列图像就可以实现网页的动态效果。

　　在 Dreamweaver 中打开主页，单击"窗口"菜单，选择"时间轴"命令，可以打开"时间轴"控制面板，如图 8.10 和图 8.11 所示。

二、实现文字跑马灯效果

　　滚动文本是网页中比较常见的一种形式，也是比较容易实现的一种动态效果。相对于静态文字，它更容易引起浏览者的注意，通常用于显示一些提示性的文字或问候语。

　　要实现滚动文字，有多种方法，下面我们主要来学习用 AP 元素与时间轴结合的方法。

图 8.10 "窗口"菜单

图 8.11 "时间轴"控制面板被打开

单击"插入记录"菜单，选择"布局表格"子菜单的"AP Div"命令，此时在网页中出现一个蓝框，即插入一个新 AP 元素，如图 8.12 所示。

网页制作
三剑客
Dreamweaver、
Flash、
Fireworks
综合实例教程

图 8.12　插入一个新 AP 元素

在该 AP 元素中单击鼠标，出现光标后输入要滚动的文字，如图 8.13 所示。

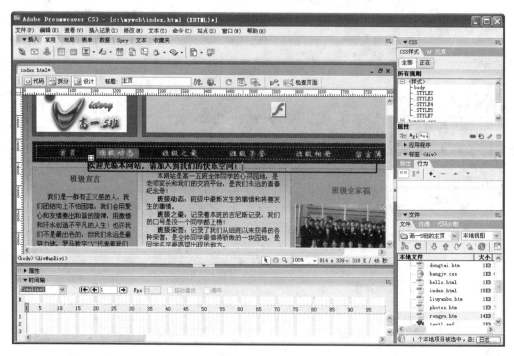

图 8.13　在新 AP 元素中输入文字

选中 AP 元素中的文字，在"属性"面板中设置字体颜色为红色，并加粗，如图 8.14 所示。

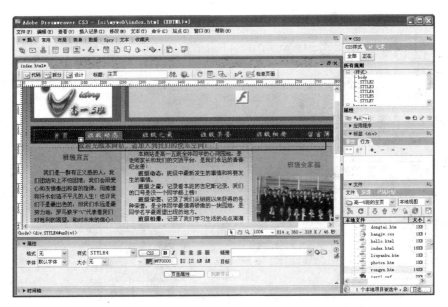

图 8.14 设置文字属性

选中有滚动文本的 AP 元素，拖动该第一行的最左端，松开鼠标，弹出一个对话框，单击"确定"按钮即可，如图 8.15 和图 8.16 所示。

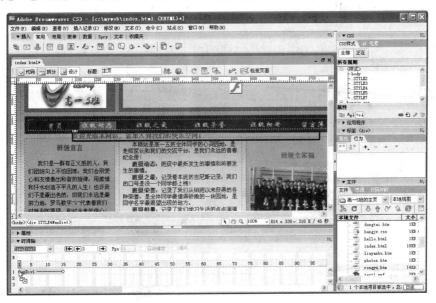

图 8.15 拖动 AP 元素到时间轴上

这时发现时间轴上第一行上出现一个紫色的长条，并写有"apdiv"的字样，表明这是一个 AP 元素。其中的每一个格称为一帧，从图 8.15 中知道，"apdiv"的长度为 15 帧。一般情况下，动画由 15 帧画面组成，如果感觉动画的速度过快，可以拉大关键帧之间的距离，这样可以使动画变慢些。

图 8.16 警告对话框

将鼠标指针移动到第 15 帧上，拖动鼠标，将第 15 帧，即最后一帧关键帧拖动到"30"处。如此就将动画长度由 15 帧变成 30 帧，如图 8.17 所示，这样文字的滚动速度会变慢。

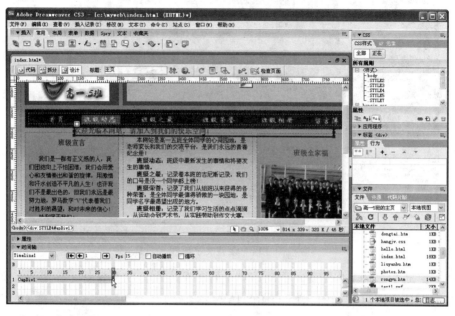

图 8.17　更改动画帧数

单击第一帧，使该帧变成红色。拖动有滚动文本的 AP 元素到网页的最右侧，即确定第一帧的位置，如图 8.18 所示。

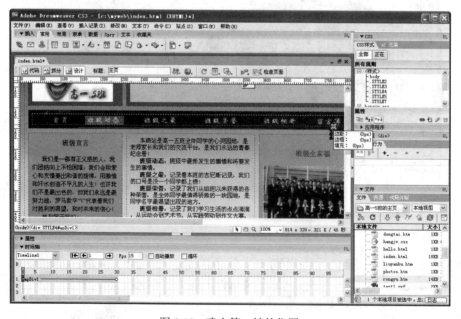

图 8.18　确定第一帧的位置

单击最后一帧，使该帧变成红色。拖动有滚动文本的 AP 元素到网页的最左侧，即确定最后一帧的位置，如图 8.19 所示。

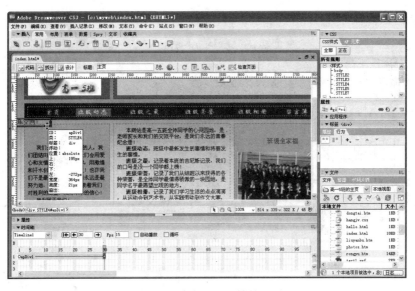

图 8.19 确定最后一帧的位置

可以发现有一条灰色的直线从网页右侧指到网页左侧，如图 8.20 所示。

图 8.20 两个位置之间出现一条灰线

在时间轴上选择两个关键帧之间的任意一帧，都可以看到该 AP 元素位置的变化，如图 8.21 所示。

图 8.21 AP 元素的位置发生变化

在"时间轴"面板中选中"自动播放"和"循环"，如图 8.22 所示。弹出如图 8.23 和图

网页制作
三剑客
Dreamweaver、
Flash、
Fireworks
综合实例教程

8.24 所示的警告对话框时，单击"确定"按钮。

图 8.22 在"时间轴"上选中"自动播放"和"循环"

图 8.23 警告对话框 1   图 8.24 警告对话框 2

保存网页后，按下 F12 键，预览该网页，得到如图 8.25 所示的效果。对于滚动字幕的位置以及滚动的速度，可以返回 Dreamweaver 进行修改，直到满意为止。

图 8.25 在浏览器中预览文字的滚动效果

三、实现幻灯片效果

在网页中实现幻灯片自动播放是非常常见的一种动态效果，有的软件和书籍将之称为"横幅广告"。其实不仅可以插入广告图片，还可以插入和网站内容相关的其他图片，增加网站的可观赏性。

在主页上，我们已经插入了一幅图片，现在我们再插入两幅，让如图 8.26 所示的这 3 幅图片依次自动播放。

图 8.26　3 幅大小相同的图片

首先，必须保证插入的 3 幅图片大小一致，否则会影响整个网页的效果。我们制作幻灯片的思路是：创建 3 个图 AP 元素，3 个图 AP 元素大小一致，并且与插入的图片大小相同，利用时间轴来隐藏图 AP 元素，实现最终的播放效果。需要注意的是，3 个图 AP 元素的坐标必须一致，这样可以避免图片的跳动。所以，我们在制作时仅仅插入一个图 AP 元素，然后用复制图 AP 元素的方法，实现另外两个图 AP 元素的插入。

在 Dreamweaver 中打开主页，单击"插入记录"菜单，选择"布局表格"子菜单的"AP Div"命令，如图 8.27 所示，插入一个新 AP 元素。

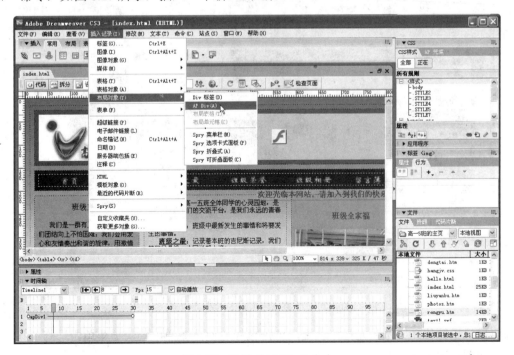

图 8.27　选择"AP Div"命令

141

调整 AP 元素的位置，将网页顶端的图片移动到 AP 元素中，并调整 AP 元素的大小恰好为图片的大小，分别如图 8.28 和图 8.29 所示。

图 8.28　将图片移动到 AP 元素中

图 8.29　调整 AP 元素的大小和位置

将鼠标指针移动到 AP 元素标记上，单击鼠标右键，在弹出的快捷菜单中选择"拷贝"命令，如图 8.30 所示。

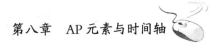

图 8.30　选择"拷贝"命令

单击"编辑"菜单，在弹出的菜单中选择"粘贴"命令，复制一个相同大小的 AP 元素，如图 8.31 所示。

图 8.31　选择"粘贴"命令

重复上两步操作，再复制一个 AP 元素，使 3 个 AP 元素重叠在一起。在窗口右边的"AP 元素"选项卡，在其中双击刚刚复制的两个 AP 元素的名称，将其默认的 "Z"

值改为"3"和"3"，如图 8.32 所示。此处的 AP 元素名和 Z 值根据实际情况可以进行修改。

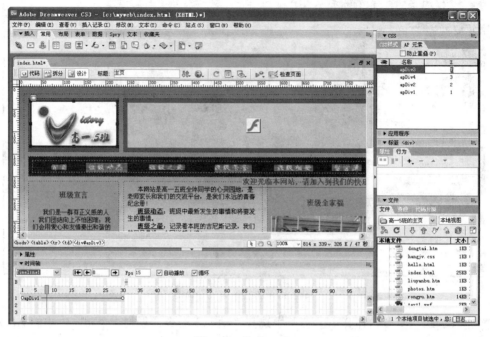

图 8.32　修改 Z 值

在"AP 元素"选项卡中选中 Z 值为 3 的 AP 元素，将 AP 元素中的图片删除，单击"插入记录"菜单，在弹出的菜单中选择"图像"命令，如图 8.33 所示。

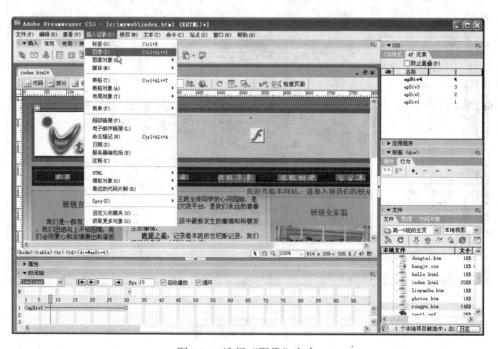

图 8.33　选择"图像"命令

在打开的"选择图像源"对话框中，选择准备好的第 2 幅图片，单击"确定"按钮，如图 8.34 所示。

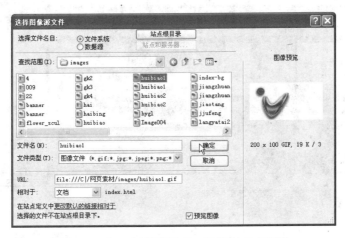

图 8.34　在"选择图像源"对话框中选择图片

> **试一试**　将 Z 值为 4 的 AP 元素中的图像删除，插入准备好的第 3 幅图片。

单击"窗口"菜单，在弹出的菜单中选择"其他"，在下一级菜单中选择"时间轴"命令，打开"时间轴"面板，如图 8.35 所示。

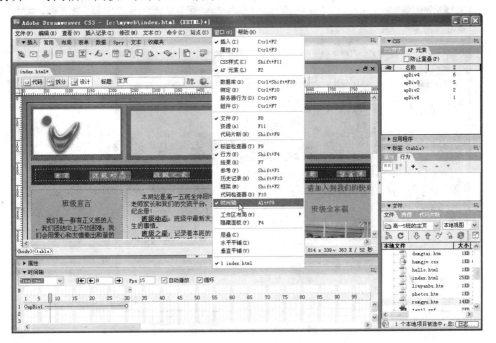

图 8.35　打开"时间轴"面板

将鼠标指针移动到 AP 元素标记上，分别将三个 AP 元素拖动到时间轴上，注意 3 个 AP 元素要拖动到不同行，而且要按照显示顺序依次首尾相连，如图 8.36 所示。

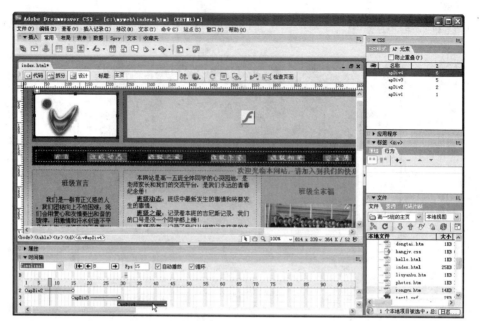

图 8.36　拖动 3 个 AP 元素到时间轴上

将鼠标指针移动到第一帧的 B 轨道上，单击鼠标，该小单元格变成黑色。打开"行为"选项卡，单击上面的█，在弹出的菜单中选择"显示-隐藏元素"命令，打开"显示-隐藏元素"对话框，如图 8.37 所示。

图 8.37　选择"显示-隐藏元素"命令

在"显示-隐藏元素"对话框中，选中要显示的第一幅图片，单击"显示"按钮，然后单击"确定"按钮，这样第一幅图片将从第 1 帧开始显示，如图 8.38 所示。注意，选取的 AP 元素名必须与时间轴上的 AP 元素名相对应。

图 8.38 设置第一幅图片的显示属性

将鼠标指针移动到第 15 帧的 B 轨道上，单击选中，打开"行为"选项卡，单击➕，在弹出的菜单中选择"显示-隐藏元素"命令，打开"显示-隐藏元素"对话框，如图 8.39 所示。

图 8.39 选择"显示-隐藏元素"命令

在"显示-隐藏元素"对话框中，选中第一幅图片所在的 AP 元素，单击"隐藏"按钮，然后单击"确定"按钮，这样第一幅图片将从第 15 帧开始停止显示，如图 8.40 所示。

再次在"行为"选项卡中单击➕，在弹出的菜单中选择"显示-隐藏元素"命令，打开"显示-隐藏元素"对话框。在"显示-隐藏元素"对话框中，选中第二幅图片所在的 AP 元素，单击"显示"，然后单击"确定"按钮，这样第二幅图片将从第 15 帧开始显示，如图 8.41 所示。

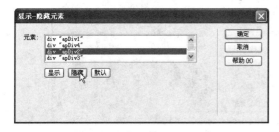

图 8.40 设置"layer5"的隐藏属性

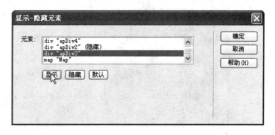

图 8.41 设置"layer6"的显示属性

重复上述操作步骤，在第 29 帧为第二幅图片所在的 AP 元素设置行为为"AP 元素隐藏"，第三幅图片所在的 AP. 元素设置行为为"AP 元素显示"；在第 34 帧为第三幅图片所在的 AP 元素设置行为为"AP 元素隐藏"。最后，选中时间轴上的"自动播放"和"循环"，如图 8.42 所示。

图 8.42　完成设置

保存文件后，按 F12 键，在浏览器中就可以看到如图 8.43 所示的幻灯片效果了。

图 8.43　在浏览器中预览网页的幻灯片效果

第三节 制作浮动广告

一、在 Flash 中制作广告动画

逐帧动画是指更改每一帧中的内容，以此来实现动画效果。它最适合于每一帧中的图像都在改变而不是仅仅简单地在舞台上移动的复杂动画。逐帧动画增加文件大小的速度比补间动画快得多。在逐帧动画中，Flash 会保存每个完整帧的值。

下面的操作是制作一个动画，让"欢迎光临"四个字依次出现在一幅图像上。首先在 Flash 中建立一个新的文件，修改文档大小为图片大小，然后导入图片到图层 1 中，并拖动该图片到合适的位置。选中图层 1 中的第 30 帧，单击"插入"菜单，选择"时间轴"下的"帧"命令，设置前 30 帧为相同的背景，如图 8.44 所示。

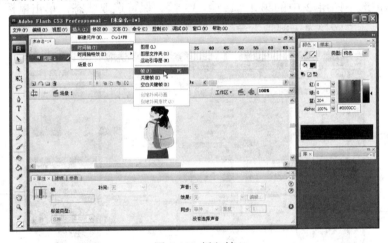

图 8.44 插入帧

在"时间轴"面板中单击"插入图层"按钮，在图层 1 上插入一个新的图层 2（见图 8.45）。选中图层 2 的第 1 帧，然后单击"工具"面板的文字工具，在图片上输入"欢迎光临"四个字。使用选取工具，调整文字在图片中的位置，并设置字体、字号和文字颜色等，如图 8.46 所示。

图 8.45 插入新图层

网页制作
Dreamweaver、
三剑客
Flash、
Fireworks
综合实例教程

图 8.46　输入文字并设置属性

拖动鼠标，选中图层 2 中的第 1 帧到第 30 帧。保持选取状态，单击鼠标右键，在打开的快捷菜单中选择"转换为关键帧"命令，如图 8.47 所示。

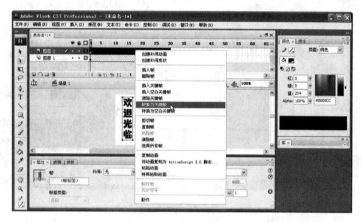

图 8.47　选择"转换为关键帧"命令

选中第 5 帧，将文字框中的"迎光临"几个字删除，如图 8.48 所示。

图 8.48　删除文字"迎光临"

选中第 10 帧，将文字框中的"光临"两个字删除，如图 8.49 所示。

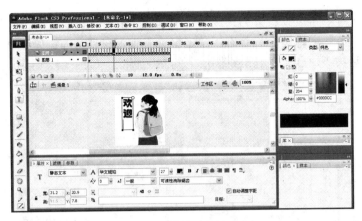

图 8.49　删除文字"光临"

选中第15帧，将文字框中的"临"字删除，如图8.50所示。

图 8.50　删除文字"临"

拖动鼠标，选中图层2中的第1帧～第4帧。保持选取状态，单击鼠标右键，在打开的快捷菜单中选择"清除关键帧"命令，如图8.51所示。

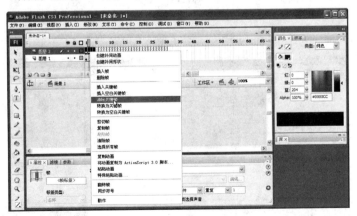

图 8.51　选择"清除关键帧"命令

重复以上的操作，选中图层2中的第6帧～第9帧。保持选取状态，单击鼠标右键，在打开的快捷菜单中选择"清除关键帧"命令；然后选中图层2中的第11帧～第14帧。保持选取状态，单击鼠标右键，在打开的快捷菜单中选择"清除关键帧"命令；最后选中图层 2 中的第 26 帧～第 30 帧。保持选取状态，单击鼠标右键，在打开的快捷菜单中选择"清除关键帧"命令，然后按下"DEL"键，将图层上的文字删除，如图 8.52 所示。

图 8.52 删除文字

单击"控制"菜单，在下拉菜单中选择"播放"命令，如图 8.53 所示。这时可以看到文字依次出现的效果，如图 8.54 所示。

图 8.53 选择"播放"命令

图 8.54 播放动画

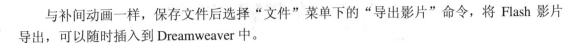

与补间动画一样，保存文件后选择"文件"菜单下的"导出影片"命令，将 Flash 影片导出，可以随时插入到 Dreamweaver 中。

二、在网页上制作浮动广告

在"网易"、"搜狐"等网站的主页上，我们经常可以发现在页面上有一些浮动的图像或动画，它们自动在网页上漂浮着，给网页平添一些活泼的气息。这一节我们就来学习在主页上创建页面浮动广告。

在 Dreamweaver 中打开网页文件"index.htm"，插入一个新 AP 元素，如图 8.55 所示。

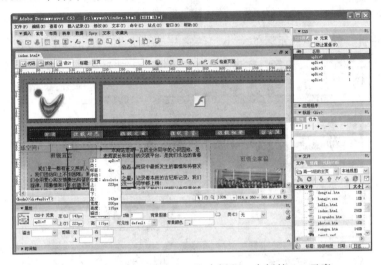

图 8.55　在网页"index.htm"中插入一个新的 AP 元素

在新插入的 AP 元素中单击鼠标，出现光标后，单击"插入"面板上"常用"选项卡中的"插入 Flash"按钮，如图 8.56 所示。在打开的"选择图像源"对话框中，找到存放图片的文件夹，选中要插入的文件，单击"确定"按钮，如图 8.57 所示。最后将该文件保存到站点的"images"文件夹中。

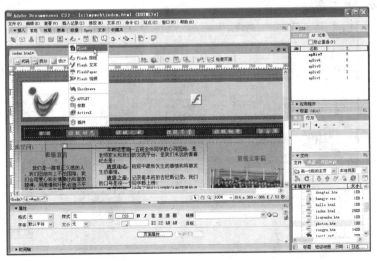

图 8.56　单击"插入 Flash"按钮

图 8.57 "选择图像源"对话框

拖动鼠标指针，更改 AP 元素的大小，使它与动画大小一致，如图 8.58 所示。

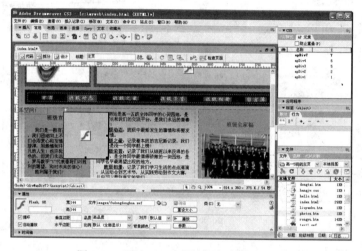

图 8.58 更改 AP 元素的大小为动画大小

单击菜单栏上的"窗口"，打开"时间轴"面板。将 AP 元素添加到时间轴中，然后选中 AP 元素，单击菜单栏上的"修改"，移动鼠标指针到下拉菜单的"时间轴"上，单击下一级菜单中的"记录 AP 元素路径"命令，如图 8.59 所示。

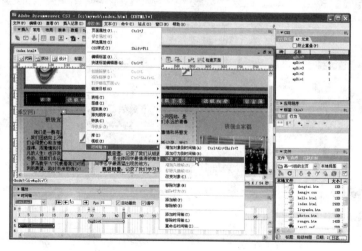

图 8.59 选择"记录 AP 元素路径"命令

选中 AP 元素，按照希望移动的路径拖动鼠标，可以看到一条粗灰线，如图 8.60 所示。

图 8.60　拖动 AP 元素画出移动路径

将 AP 元素拖动到合适的位置，松开鼠标，可以看见沿刚才拖动鼠标的路径出现一条细线。最后在"时间轴"面板上选中"自动播放"和"循环"，如图 8.61 所示。

图 8.61　在"时间轴"上选中"自动播放"和"循环"

保存网页后，按 F12 键，在浏览器中预览该网页，可以看到图片在网页上按照事先画出的路径移动，如图 8.62 所示。

图 8.62　在浏览器中预览网页的浮动广告效果

习　　　题

1. AP 元素有什么作用?
2. 怎样显示或隐藏时间轴?
3. 关键帧在动画中的作用是什么?
4. 在实现幻灯片效果时,为什么要复制三个一样大的 AP 元素?
5. 什么是逐帧动画?
6. 逐帧动画是否一定要一帧一帧地操作?

第九章

为网页添加表单元素

第一节 创建表单网页

我们在 WWW 上浏览时，常常会看到一些网页具有留言簿，它方便了浏览者与网页制作者之间的交流，实现了网页的互动性。留言簿等功能可以采用表单来实现，它往往采用单选按钮、复选框、下拉选项按钮等方式，这样不仅减少了浏览者的文本输入，而且有利于数据的收集和反馈，能够尽可能地为浏览者提供方便。

一、表单域

简单地说，表单就是用户可以在网页中填写信息的表格，它的作用是接收用户信息并将其提交给 Web 服务器上特定的程序进行处理。表单域，也称表单控件，是表单上的基本组成元素，用户通过表单中的表单域输入信息或选择项目。

在建立表单网页之前，首先要建立一个表单域。Dreamweaver 提供了大量的表单标签，在"插入"面板上选择"表单"选项卡，就能够看到各种表单标签，使用这些表单标签便可以制作一个简单的表单网页。

在 Dreamweaver 中打开网页"liuyanbu.htm"，单击"插入"面板中的"表单"选项卡，将其打开，如图 9.1 所示。

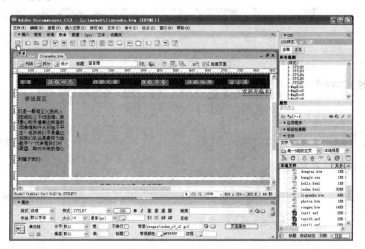

图 9.1 打开"表单"选项卡

然后单击"插入"面板中的"表单"标签，可以发现在网页中出现一个红色的虚线框，框中的区域称为表单域。此后所有的表单标签都要插入到这个虚线框中，这样所有的信息将一起得到处理，如图 9.2 所示。

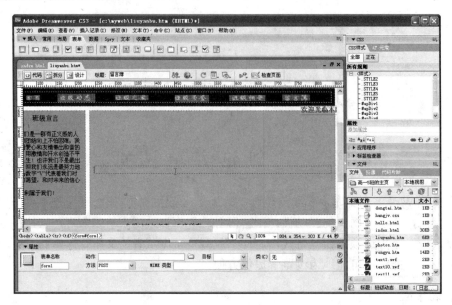

图 9.2　插入表单域

二、单行文本框

单行文本框只有一行栏位供浏览者填写，我们可以通过设置来决定栏位中最多可以输入的字数。

在上图的虚线框中输入"请输入您的昵称："，然后单击"插入"面板中的"文本字段"标签，可以发现在文字后面出现一个文本框，如图 9.3 所示。如果同时弹出一个信息对话框，把它关闭即可。

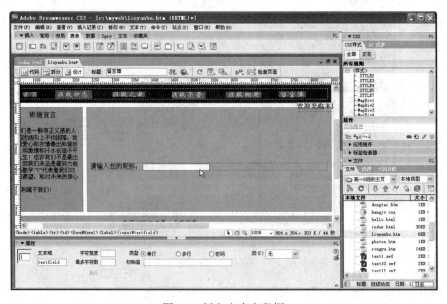

图 9.3　插入文本字段框

选中插入的文本框，在"属性"面板中更改"字符宽度"为"20"，这样允许浏览者输入昵称的长度为 20 个字符，即 10 个汉字，如图 9.4 所示。

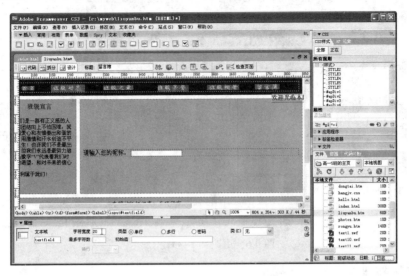

图 9.4 更改文本字段框属性

三、滚动文本框

有时需要输入多行文字，而且在输入栏的右侧和下方都出现滚动条。这需要将文本设置成多行文本框。在虚线框中另起一行，输入"请输入留言内容："，然后单击"插入"面板中的"文本区域"标签，可以发现在文字后面出现一个文本框，如图 9.5 所示。

图 9.5 插入文本区域框

选中文本区域框，在"属性"面板中，更改"字符宽度"为"50"，"行数"为"10"，"类型"为"多行"，"初始值"为"请在此留言："。将光标移动到文本区域框左侧，按 Enter 键，可以发现文本区域框变大，而且在其中出现"请在此留言："几个字，如图 9.6 所示。

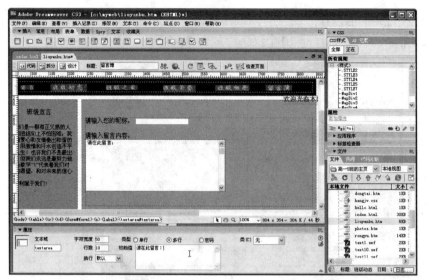

图9.6 更改文本区域框属性

四、单选按钮

单选按钮就像单选题，浏览者只能在各种选项中选择一种。单选按钮用处十分广泛，下面我们以建立性别栏为例，说明如何建立单选按钮。

首先，将光标移动到"留言内容"左端，按 Enter 键，在表单域中空出一行。再将光标移到要插入单选按钮的地方，然后单击"插入"面板中的"单选按钮"标签，可以发现光标所在处出现一个单选按钮。再插入一个单选按钮，并在适当的位置输入文字"性别："、"男"、"女"，如图9.7所示。

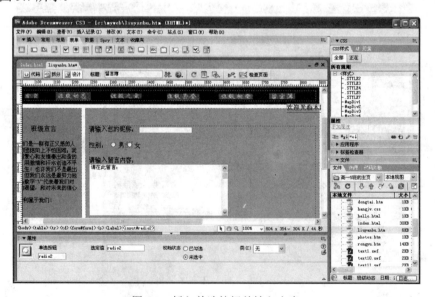

图9.7 插入单选按钮并输入文字

单击"男"前面的按钮，在属性面板中将"初始状态"改为"已勾选"。这时可以发现"男"前面的按钮中出现一个黑点，如图9.8所示。

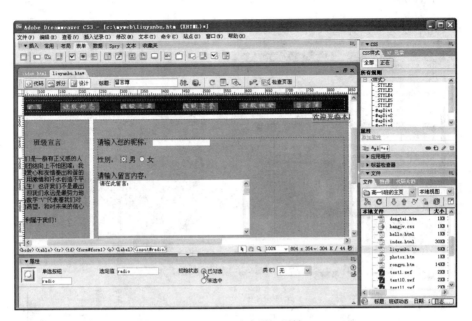

图 9.8　更改单选按钮属性

当然也可以将"女"后面的按钮设置为"已勾选"。需要注意的是，在一个表单域中只允许一个单选按钮被选中。如果有多组单选按钮，需要插入多个表单域，每一个表单域中插入一组单选按钮。

五、复选框

复选框可供浏览者同时选取一至多个选项，设置方法与单选按钮类似。在"留言内容"前按 Enter 键，在表单域中空出一行。再将光标移到空出的地方，然后单击"插入"面板中的"复选框"标签，可以发现在文字后面出现一个复选框，如图 9.9 所示。

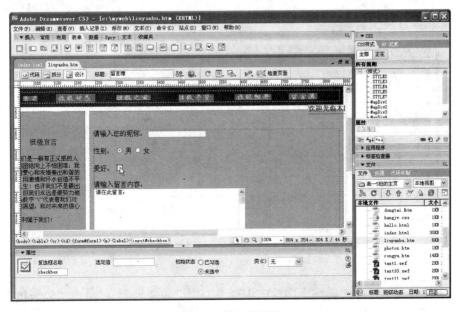

图 9.9　插入复选框

再插入几个复选框，并输入相关的文字，如图 9.10 所示。

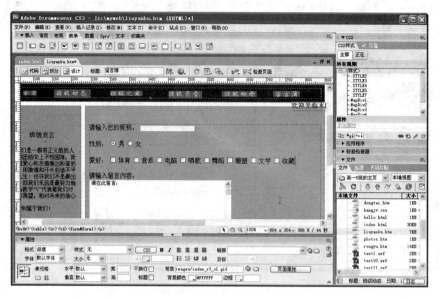

图 9.10　插入复选框并输入文字

六、列表

下拉列表可以显示选项列表，既为留言者提供方便，又便于管理员对留言内容进行管理。它在登记表上比较常用，例如，询问国家、省份、受教育程度时常常见到下拉列表。

在"爱好"前另起一行，输入"来自："，单击"插入"面板中的"列表/菜单"标签，可以看到在文字后面出现一个列表框，如图 9.11 所示。

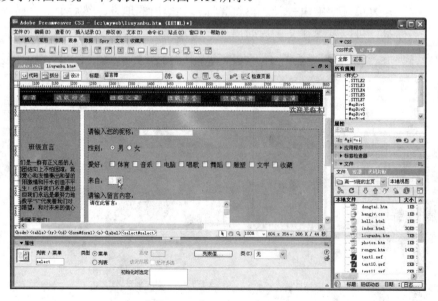

图 9.11　插入下拉列表框

选中下拉列表框，在"属性"面板中选择"类型"为"列表"，单击"列表值"按钮，如图 9.12 所示。

图 9.12 设置下拉列表框属性

在弹出的"列表值"对话框中输入"北京",单击左上角的 ➕ 按钮,如图 9.13 所示。

试一试 重复上一步,输入其他各个城市和省份,最后单击"确定"按钮,返回网页编辑窗口,如图 9.14 所示。

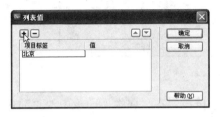

图 9.13 输入列表值

图 9.14 输入其他列表值

选中下拉列表框,在"属性"面板的"初始化时选定"栏中,选中"北京",于是表单域里"来自:"右边的栏中出现"北京",可以为北京的浏览者提供方便,如图 9.15 所示。

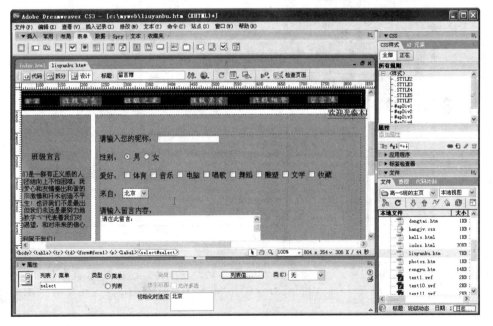

图 9.15 设置初始化时选定值

七、按钮

在留言内容栏右边单击鼠标,显示出光标后,按 Enter 键另起一行。然后单击"插入"面板中的"按钮"标签,即在留言内容栏下插入了一个按钮,如图 9.16 所示。

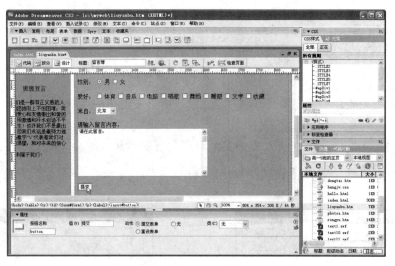

图 9.16　插入按钮

　　重复上面的操作，再插入一个按钮，选中第二个按钮，在"属性"面板中改"动作"为"重设表单"。这样当按下"提交"按钮时，表单内容被提交，按下"重置"按钮，则所有填写内容被清空，等待重新填写，如图 9.17 所示。

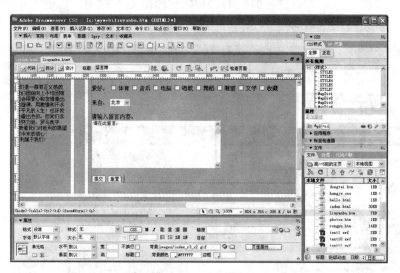

图 9.17　更改按钮动作类型

　　按钮共有 3 种类型："提交"按钮将表单资料传送到相应位置；"重置"按钮将表单资料全部清除，等待重新输入；"普通"按钮可以与别的程序相连，作为启动其他程序的按钮。

第二节　创 建 留 言 簿

一、完善留言簿表单栏目

　　作为留言簿，包含的内容应该有针对性，另外应该让浏览者输入电子邮件地址，以备以后与他们联系。

另起一行，输入"电子邮件地址:"几个字，然后插入一个文本框，在"属性"面板中更改"字符宽度"为"25"，如图9.18所示。

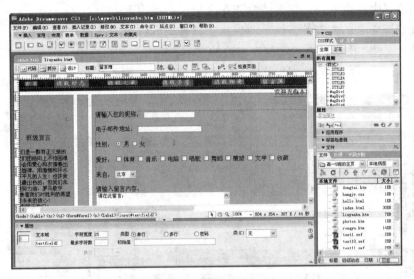

图9.18 插入电子邮件地址栏

保存网页，按F12键，将网页在浏览器中打开，观察表单在浏览器中的样子，如图9.19所示。

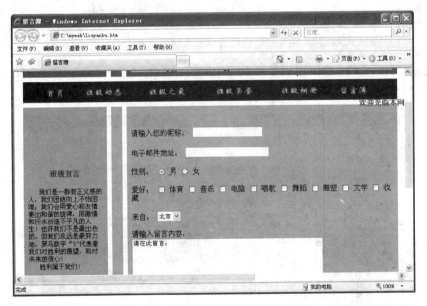

图9.19 在浏览器中预览表单的显示

对于不满意的地方，返回Drwamweaver进行修改，直到满意为止。

二、提交表单信息

表单有两个重要的组成部分，一是描述表单的HTML源代码；二是用于处理用户在表单域中输入信息的服务器端应用程序或客户端脚本，如 ASP 等。网站访问者在页面上看到的表单元素，仅供输入信息而已。当访问者按下表单的"提交"按钮之后，表单内容会上传到服务器上，并且由事先编辑好的 CGI 或 ASP 程序来接手处理，最后服务器再将处理结果发送到访问者的浏览器中，也就是访问者提交表单之后出现的页面。

下面设置提交表单内容的方法。将鼠标指针移动到红色虚线上，单击鼠标，选中整个表单域，打开"属性"面板，在"动作"右边的文本栏中输入"mailto:gao15@163.com"，表示表单的内容将以电子邮件的形式发送给 gao15@163.com，如图 9.20 所示。

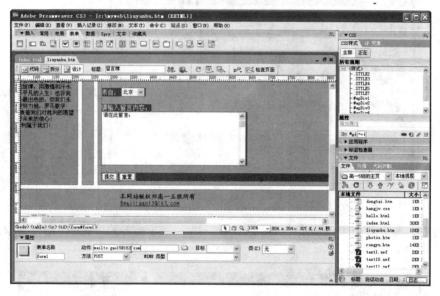

图 9.20　设置表单内容的提交方法

保存网页后，按 F12 键，在浏览器中预览网页，输入表单的内容，检查表单标签设置是否合适，如图 9.21 所示。

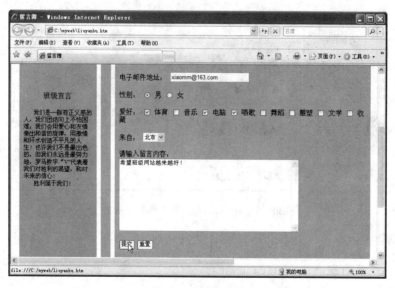

图 9.21　输入留言内容并提交

输入完毕，单击"提交"按钮，弹出警告信息对话框，如图 9.22 所示。单击"确定"按钮，表单内容被发送给 gao15@163.com。注意，如果你在单机上测试，可能会发送失败，将站点连接到服务器上就可以解决这个问题。

在实际的网站中，留言簿的内容通常并不是通过电子邮件来传递的，而是透过后台数据库的支持，存放到相应的数据库文件中。作为基础教程，本书没有相关内容，大家可以学习数据库的相关知识，阅读 ASP 相关书籍，完成相应的设置。

图 9.22　警告信息对话框

三、验证表单内容

留言簿是浏览者与网页所有者间的桥梁，通过它可以大大缩短两者之间的距离，但在得到浏览者提供信息的同时，也要防止无效信息和错误信息的输入。"验证表单"可以在一定程度上防止空信息和错误信息的发生。

首先，确定有哪些表单对象需要验证。在我们制作的留言簿上，"网名"、"电子邮件地址"、"留言内容"需要验证。其中"电子邮件地址"需要验证输入的格式是否为合法格式，其余两者需要验证是否为空。然后确定每一个需验证表单对象的名字，以免发生混淆。

选中需要输入"昵称"的文本框，在"属性"面板中更改"文本域"下面的名称为"name"，将它与其他的文本框区分出来，如图 9.23 所示。

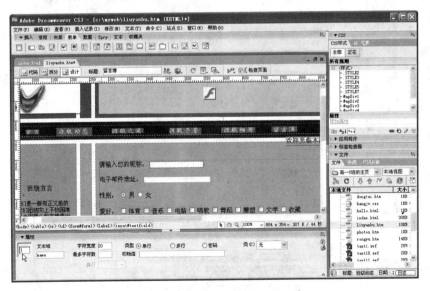
图 9.23　更改"昵称"文本域名称

重复上述步骤，选中"电子邮件地址"文本框，将"属性"面板中"文本域"下面的名称改为"email"，如图 9.24 所示。

重复上述步骤，选中"留言内容"多行文本框，将"属性"面板中"文本域"下面的名称改为"liuyan"，如图 9.25 所示。

接下来我们就为以上的表单栏目设置检查表单。选中任意一个表单对象，单击"设计"面板下"行为"选项卡中的按钮 ➕，在弹出的菜单中选择"检查表单"，如图 9.26 所示。

网页制作
三剑客
Dreamweaver、
Flash、
Fireworks
综合实例教程

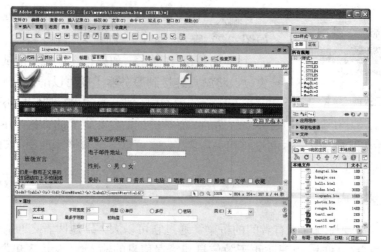

图 9.24　更改"电子邮件"文本域名称

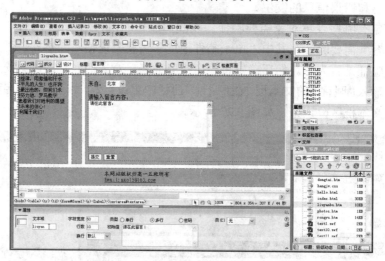

图 9.25　更改"留言内容"文本域名称

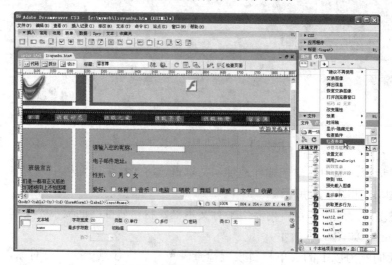

图 9.26　选择"检查表单"命令

在打开的"检查表单"对话框中，选中"文本'name'在表单'form1'"，选中"值"为"必需的"，"可接受"为"任何东西"，如图9.27所示。

在"检查表单"对话框中，选中"文本'email'在表单'form1'"，选中"值"为"必需的"，"可接受"为"电子邮件地址"，如图9.28所示。

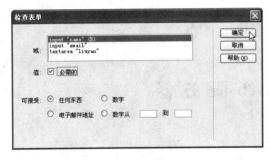

图9.27　检查昵称

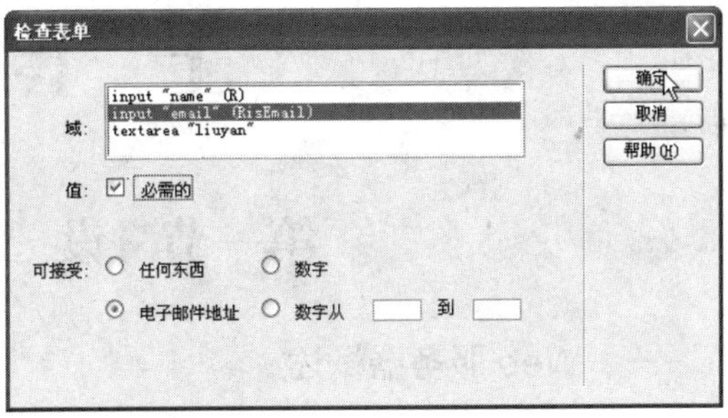

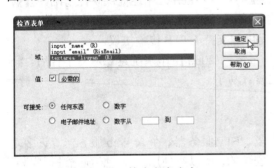 图9.28　检查电子邮件地址

在"检查表单"对话框中，选中"文本'liuyan'在表单'form1'"，选中"值"为"必需的"，"可接受"为"任何东西"，单击"确定"按钮，如图9.29所示。

保存网页后，按下F12键，在浏览器中预览网页。不填写任何内容，提交表单后得到如图9.30所示的错误提示框，重新填入各项信息，提交后，则一切正常。

图9.29　检查留言内容

图9.30　错误提示框

习　题

1. 创建留言簿为什么要先更改网站设置？
2. 常见的表单元素有哪些？
3. 如果在一个表单域中要使用两组单选按钮，如何操作？
4. 按钮有哪三种？各自有什么作用？
5. 为什么要验证表单的内容？

第十章

上 传 网 站

第一节 设 置 Web 服 务 器

一、Web 服务器概述

完成网页的实际制作后，只有把它发布到 Web 站点并通过 Web 站点才能被网络上的其他用户访问和浏览，而建立 Web 站点的基础是建立 Web 服务器并进行相应的配置。

Web 服务器的构件需要两个必不可少的基础平台，即网络硬件平台和网络软件平台。只有完成这两个平台的建设，才可以建设 Web 服务器。

（1）网络硬件平台的搭建。通常采用局域网互联技术，建设 Web 服务器所需的局域网，然后再将局域网与 Internet 相连，从而为实现 Web 服务器与 Internet 相连提供硬件基础。

（2）网络软件平台的搭建。由于网页信息均通过 HTML 格式进行 Web 发布，所以欲建的 Web 软件平台必须以 TCP/IP 协议为基础，并提供和支持 HTTP 传输协议。

一般来说，以 Microsoft 的 Windows NT 或 Windows 2000 操作系统建立网络平台后，再在这个平台上使用 IIS 组件搭建 Web 服务器就比较容易了。

二、安装 IIS

IIS 即 Internet 信息服务，它包含 WWW 服务器、FTP 服务器、个人 Web 服务器等许多功能软件。因为在 Windows 专业版中，IIS 不是默认安装的，所以在使用之前，必须先进行安装。

首先，打开"控制面板"窗口，在"控制面板"窗口中双击"添加/删除程序"图标，然后在"添加/删除程序"窗口中，单击"添加/删除 Windows 组件"按钮，如图 10.1 所示。

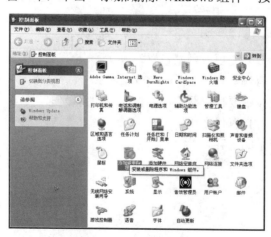

图 10.1 "控制面板"窗口

在"Windows 组件向导"对话框中，选中"Internet 信息服务（IIS）"，单击"下一步"按钮，开始安装 IIS，如图 10.2 所示。

安装过程中会要求插入 Windows XP 的安装光盘，安装完毕后弹出如图 10.3 所示的窗口，单击"完成"按钮，完成安装过程。

图 10.2 "添加/删除程序"窗口

图 10.3 "Windows 组件向导"对话框

三、设置 IIS

安装完成以后，在"控制面板"窗口中，双击"管理工具"图标，然后在"管理工具"窗口中，双击"Internet 信息服务"图标，打开个人"Internet 信息服务"窗口，如图 10.4 所示。

图 10.4 "控制面板"窗口

在"Internet 信息服务"窗口中将左边的目录树展开，可以发现"网站"下的"默认网站"下已经建立了一些文件夹和网页。选中"默认网站"，单击右键，在弹出的快捷菜单中可以发现，网站已经开始运行。选择"新建"可以建立新的"虚拟目录"，存放文件等，如图 10.5 所示，选择"属性"，打开"默认网站属性"对话框。

网页制作
三剑客
Dreamweaver、
Flash、
Fireworks
综合实例教程

在"默认网站属性"对话框中，可以对网站中的一些属性进行修改，例如，在"网站"选项卡中可以对网站的 IP 地址等进行设置，在"文档"选项卡中可以对网站首页的文件名进行设置，一般情况下，我们采用默认设置即可，不用更改。在如图 10.6 所示的"主目录"选项卡中可以发现：网站的默认存放路径是 c:\ inetpub\wwwroot。这个目录可以根据实际情况进行更改。

图 10.5　"默认网站属性"窗口

图 10.6　"默认网站属性"对话框

试一试　在"默认网站属性"对话框中，更改默认网站属性，网站的默认存放路径为 D 盘的"Myweb"文件夹，文档顺序为"index.htm"排在第一位。

第二节　网站中文件的管理

一、网站中文件的整理

在网站的制作过程中，每建立一个网页，或者导入一个文件到网站中，都要涉及网站管理的内容。例如，将图片文件保存到"images"文件夹中，将视频、声音等相关文件保存到相关的文件夹中。这些操作在网站的制作过程中只是举手之劳，却可以让网站根目录上的文件不凌乱，保证网站的可读性和可维护性。

但是，即使在网站的建设过程中没有兼顾到网站管理，也可以通过管理网站中的文件达到相同的目的。

网站制作完毕，难免有多余的文件，或需要改变文件的位置，这都需要对文件进行操作。

在 FrontPage 中打开站点，不要打开网页，也就是保证它们都不在编辑状态下。在窗口左边的"文件夹列表"中可以完成对文件的改名、复制、移动、删除等操作，其和 Windows 的资源管理器中的操作非常相似。

1. 文件的删除

将鼠标指针移到想要删除的文件上，单击鼠标右键，在快捷菜单中选择"编辑"下的"删除"命令即可，如图 10.7 所示。

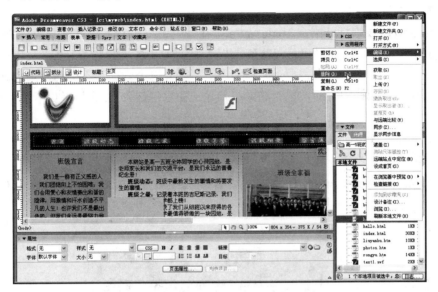

图 10.7 用快捷菜单删除文件

2. 文件的改名

将鼠标指针移到想要改名的文件上，单击鼠标右键，在快捷菜单中选择"重命名"命令，这时文件名处于待编辑状态，输入新的文件名即可。也可以用鼠标快速地单击文件名两次，使文件名处于待编辑状态，输入新的文件名即可。

3. 文件的复制

将鼠标指针移到想要复制的文件上，单击鼠标右键，在快捷菜单中选择"复制"命令，或直接单击工具栏上的"复制"按钮，然后打开目标文件夹，单击工具栏上的"粘贴"按钮即可。

4. 文件的移动

将鼠标指针移到想要移动的文件上，单击鼠标右键，在快捷菜单中选择"剪切"命令，或直接单击工具栏上的"剪切"按钮，然后打开目标文件夹，单击工具栏上的"粘贴"按钮即可。

173

> **试一试** 对网站中的文件进行管理，将无用文件删除，将图片移动到"images"文件夹等，使网站根目录下的文件条理更清晰。

二、网页文件的管理

在管理网页文件的工作中，有以下 3 点需要引起大家的注意：①每一个网页都不能过大，网页中图片过多会增大网页的体积，使该网页的下载时间过长，影响浏览者的浏览速度；②检查网页中是否有无效的超链接，或者超链接有效，但链接的目标有误，这一点非常重要；③考虑到浏览者可能使用不同的浏览器，或者不同的版本，因此在上传之前要保证在不同的浏览器中网页的效果基本相同。

下面，我们就依次来检查网站中网页的这 3 项设置。

1. 检查网页下载时间

在 Dreamweaver 中打开网页"index.htm"，在编辑窗口的右下角可以看到"375K/54 秒"，如图 10.8 所示，表示网页的大小为 375K，传输时间为 54 秒。这是因为在网页中插入太多图片的缘故，并且打开一个网页需要 54 秒太慢了。其实这个数据是不准的，因为这是为使用 56K 调制解调器所预计的时间，现在的网络传输速率已经达到 512Kb/s 以上，下载时间会缩短许多。

下面看一下，在 512Kb/s 的速度下，网页的下载时间。单击"编辑"菜单，在下拉菜单中选择"首选参数"命令，如图 10.8 所示。

图 10.8   选择"首选参数"命令

在打开的"参数选择"对话框中，选择"分类"列表框中的"状态栏"选项，在右边窗口中选择窗口的大小，再单击"连接速度"栏右边的文本框，输入"512"，单击"确定"按钮，如图 10.9 所示。

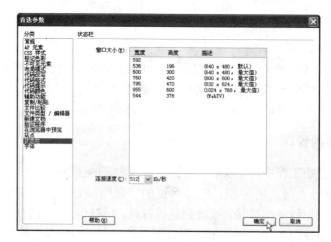

图 10.9   设置参数

这时，可以发现下载的时间已经变成 6 秒，如图 10.10 所示。如果你觉得 6 秒还是太慢，可以更改网页中的内容，如优化图片、删除不必要的图片等，直到速度达到满意为止。

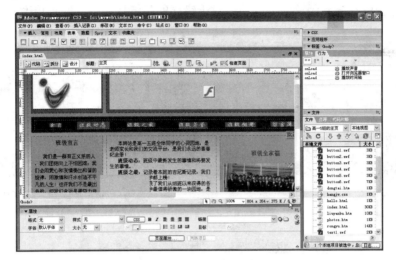

图 10.10　下载时间被更改为 6 秒

打开其他的网页，检查它们的下载速度，最好让所有的网页都控制在 10 秒以内。

2. 检查网页链接的有效性

在网站的建设过程中，最容易发生的错误就是超链接的错误。发生超链接错误的原因有很多，如建立超链接时误操作可能发生超链接错误；网页或其他文件的名字发生更改可能发生超链接错误；删除无效的网页文件后也可能发生超链接错误。

在网页页面上的文字或者图片发生错误，可以直观地发现，及时进行更改。但超链接错误是隐性的，无法直接从网页上看出来，只能在浏览器中通过单击超链接来检验。如果真的这样做，那将是一项非常复杂、枯燥的工作，而且也没必要。Dreamweaver 提供了一项功能，可以轻松地完成对超链接的检查。

单击菜单栏上的"站点"菜单，移动鼠标到菜单中的"检查站点范围的链接"命令，如图 10.11 所示。

图 10.11　"检查站点范围的链接"命令

　　此时，在窗口的下端"结果"选项卡被打开，网站中出现"断掉的连接"项目中有问题的内容，如图 10.12 所示。从图中可以知道一些指向因特网网站的链接是断掉的，这是由于编辑网页的电脑没有连到因特网的缘故。对于错误的超链接，打开网页更改错误的链接就可以了。

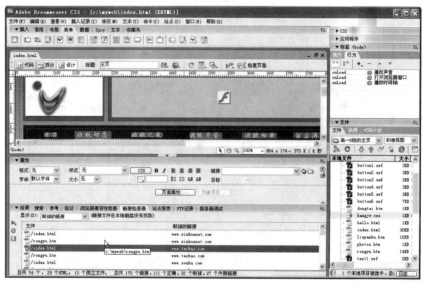

图 10.12　设置检查链接的属性

　　更改网页中的错误并保存，现在重新检查。在打开的"结果"面板的"链接检查器"选项卡中，单击按钮 ▶，在弹出的菜单中选择"检查整个当前本地站点的链接"命令，确保网页的错误已经得到更正，如图 10.13 所示。

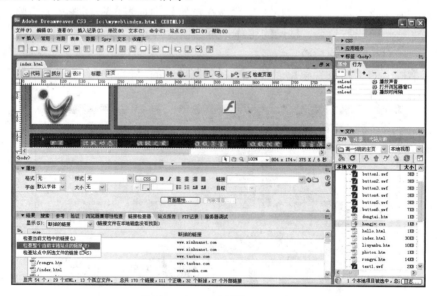

图 10.13　查找错误超链接

　　单击"显示"栏右边的下拉按钮 ▼，分别选择"断掉的链接"、"外部链接"、"孤立文件"，相应的文件描述显示在窗口中，如图 10.14 所示。

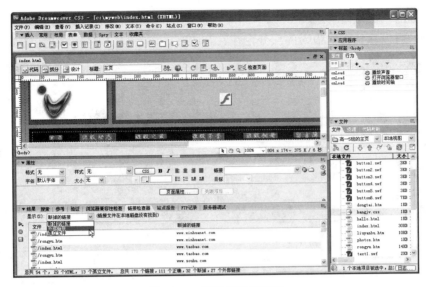

图 10.14 查找错误超链接

打开存在错误链接的网页，对错误的超链接进行修改，然后重复刚才的操作步骤，直到没有错误超链接为止。

3. 检查网页在不同浏览器中的效果

下面检查浏览器的兼容性。由于无法预料网页浏览者使用何种浏览器，以及所使用浏览器的版本，而如果制作的网页在某种常见的浏览器版本中浏览时发生问题，就会影响到整个网站的信誉，所以，验证网页在常见的浏览器版本中的显示效果就非常重要。

Dreamweaver 提供检查功能，可以验证网页在常见的浏览器版本中的效果，非常实用，而且使用方法简单。

在打开的"结果"面板的"目标浏览器检查"选项卡中，单击 ▶ 按钮，在弹出的菜单中单击"检查浏览器兼容性"命令，如图 10.15 所示。

图 10.15 单击"检查浏览器兼容性"命令

在"目标浏览器检查"选项卡中，可以看到一些与浏览器兼容存在问题的网页列表。双击相应条目，可以看到出现错误的部分，在其右边有对该问题的解释，如图 10.16 所示。

图 10.16　目标浏览器检查结果

单击左侧的"浏览报告"按钮，可以查看对目标浏览器检查结果的报告，如图 10.17 所示。

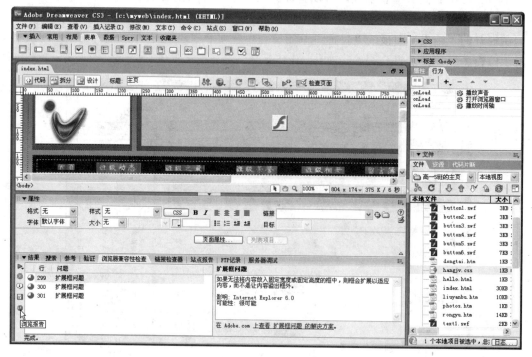

图 10.17　单击"浏览报告"按钮

认真阅读系统生成的目标浏览器检查报告，对网页中的错误进行修改。对于一些特殊的设置，可以向网络管理员咨询，通过调整使网页能够在浏览器中正确显示，如图 10.18 所示。

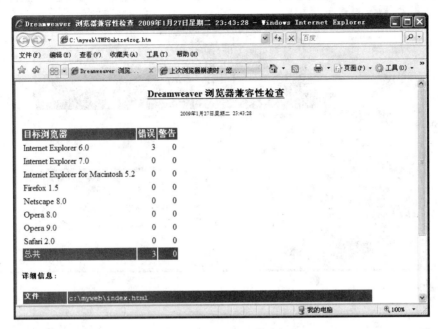

图 10.18　目标浏览器检查报告

重复上述步骤，检查网页在其他常见浏览器中的显示效果，一直到合格为止。至此，站点的检查完毕。

第三节　网站域名和空间的管理

一、注册域名

域名类似于因特网上的门牌号码，是用于识别和定位因特网上计算机的层次结构式字符标识，与该计算机的互联网协议（IP）地址相对应。但相对于 IP 地址而言，它更便于使用者理解和记忆。域名属于因特网上的基础服务，基于域名可以提供 WWW、EMAIL、FTP 等应用服务。

域名注册分为国际域名注册和国内域名注册两种。国内域名注册由中国互联网络信息中心（CNNIC）授权其代理进行；国际域名注册通过互联网络信息中心 INTERNIC 授权其代理进行。如图 10.19 所示，是中国互联网络信息中心（http://www.cnnic.com.cn）的主页。

中国互联网络信息中心（CNNIC）是 CN 域名的管理机构，负责运行和管理相应的 CN 域名系统，维护中央数据库。注册服务机构按照公平原则和先申请先注册原则受理 CN 域名的注册申请，并根据国家有关法律、法规完成 CN 域名的注册。而注册代理机构则负责在注册服务机构授权范围内接受域名的注册申请，图 10.20 所示是注册服务机构的结构图。

179

图 10.19 中国互联网络信息中心主页

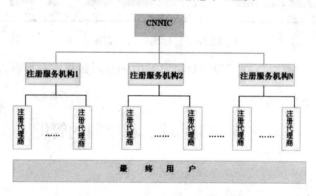

图 10.20 注册服务机构结构图

　　注册域名后，需要每年向注册服务机构交纳域名运行管理费用。年域名续费截止日和申请日相同。对于续费截止日内未完成续费的域名，将暂停服务。暂停服务 15 日仍未完成续费的域名，将予以删除。另外，如果注册信息发生变化，应当及时通知域名注册服务机构加以变更，同时注意保存注册服务机构提供给用户的用于更改信息的密码和用于转移注册服务机构的密码。

二、选择存放网站的服务商

　　要将网站存放在因特网上，除了需要注册域名以外，还要选择一个合适的服务商。目前各服务商提供两种方式来存放网站文件，一种是虚拟主机，另一种是主机托管。

　　虚拟主机是使用特殊的软、硬件技术，把一台主机分成一台台"虚拟"的主机，每一台虚拟主机都具有独立的域名和共享的 IP 地址。虚拟主机属于企业在网络营销中比较简单的应

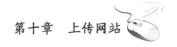

用，适合个人或初级建站的中小型企事业单位。这种建站方式，适合用于发布简单的信息。

主机托管是将自己的服务器放在通信部分的专用托管服务器机房，利用数据中心的线路、端口、机房设备为信息平台建立自己的宣传基地和窗口。主机托管可为对运行环境有专门要求的高级网络运营提供托管服务，并可为用户提供实时带宽监测与报告。托管用户具有对设备的拥有权和配置权，并可根据用户的需求为用户预留足够的发展空间。对于企业，一般采用主机托管，不但节约成本，用户还可以根据需要灵活选择数据中心提供的线路、端口以及增值服务，而且不会因为共享主机而引起主机负载过重，导致服务器性能下降。

三、申请网页空间

对于学生来说，支付域名费用，选择虚拟主机，甚至主机托管是不现实的。不用担心，提供免费主页空间的服务器有很多，你只需向其提出申请，在得到答复后，按照说明上传主页即可。主页的域名和空间都不用操心。美中不足的是网站的空间有限，提供的服务一般，域名更不能随心所欲地定。

由于多数服务器在申请额满后会停止申请，所以无法向大家提供这些服务器的准确网址。在如图 10.21 所示是"免费吧"的搜集的网址，介绍的都是可以提供免费空间的网站。该网站的网址是：http://www.free8.com/kongjian/，你可以查找一个合适的网站进行注册。

图 10.21 "免费吧"网站

值得注意的是，现在提供 FTP 空间的网站比较少而且许多是在国外。如果你的英文好，可以去国外的服务器申请，参照"金山词霸"的帮助，成功注册应该不成问题。当然，你也可以将主页上传到学校的服务器上。

各个网站的申请过程略有不同，但大同小异。有的网站会要求你在网页顶端插入广告图片；有的网站会要求你在论坛发帖，挣取虚拟币，支付使用空间费用；有的网站会在你的网站打开时弹出广告窗口等，如果你感有兴趣的话，可以试一试。

第四节　在 Dreamweaver 中上传网页

一、配置服务器信息

制作网页的最终目的是将网页发布到 Internet 上，让需要的人浏览。所以上传网页是网页制作中的最后一步，也是最重要的一步。

不仅仅是网页的制作和网站的管理，Dreamweaver 还提供了网站的上传功能。可以将网页上传到预先申请好空间的服务器上，也可以上传到学校的服务器上。无论上传到哪个服务器上，都要事先知道该服务器管理员提供的用户名和密码，否则上传请求将被服务器拒绝。即需要事先完成配置工作。

首先，在 Dreamweaver 中配置服务器的信息。打开站点后，单击"站点"菜单，在下拉菜单中选择"管理站点"命令，如图 10.22 所示。

图 10.22　选择"管理站点"命令

在"管理站点"对话框中，选中需要编辑的站点，单击"编辑"按钮，如图 10.23 所示。

在弹出的对话框中，打开"高级"选项卡。在左侧的"分类"区域选择"远程信息"，在右侧的"远程信息"区域，单击"访问"右边的▼按钮，在下拉选项中选择"FTP"命令，如图 10.24 所示。

在"FTP 主机"文本栏中输入服务器的 IP 地址；在"登录"文本栏中输入服务器提供的用户名；在"密码"文本栏中输入服务器提供的密码。最后，单击"确定"按钮，如图 10.25 所示。

图 10.23　选择要编辑的站点

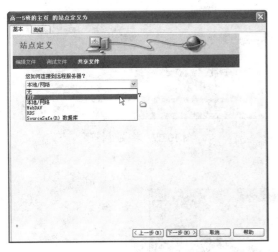

图 10.24　在"访问"文本栏中选择"FTP"方式

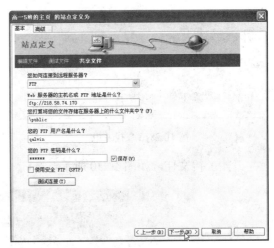

图 10.25　输入信息并确认

在返回的"编辑站点"对话框中，单击"完成"按钮，如图 10.26 所示。

二、上传网页

完成配置，就可以上传网页了。在"站点"选项卡中选中站点中的所有文件，单击 ⬆ 按钮，开始上传，如图 10.27 所示。

Dreamweaver 开始查找主机，并连接，如图 10.28 所示。

Dreamweaver 首先对文件进行排序，如图 10.29 所示。

图 10.26　单击"完成"按钮

183

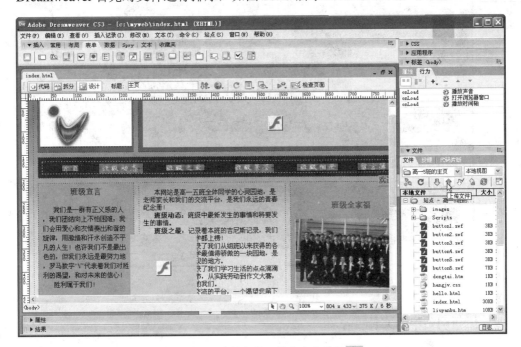

图 10.27　选择文件，单击上传按钮 ⬆

图 10.28　查找主机　　　　　　　　　　　图 10.29　将文件排序

开始上传文件，如图 10.30 所示。

图 10.30　上传文件

三、浏览上传的网页

上传完毕，在 IE 浏览器中输入服务器提供的网址，上传的网页被打开，如图 10.31 所示。如果对网页的内容不满意，可以重新打开 Dreamweaver 进行修改，然后重新上传。

图 10.31　浏览上传的网页

四、更新网站中的文件

为保证网站的实效性，网站在上传以后还要进行日常的维护，包括网页内容的更改，网页文件的更新与删除，以及其他文件的导入与删除等。所有这些操作，都不必连接到 Internet 上进行，在本机上操作就可以了，在完成修改以后，重新上传网页即可。

由于日常维护网站仅仅对网站中的内容进行小的修改，所以不必将所有的文件都重新上传一遍。Dreamweaver 提供了"同步"命令，该命令会自动检查本地计算机上网站的内容与 Internet 上网站的内容是否一致，然后用完成时间较近的文件覆盖 Internet 上的同名文件，上传 Internet 上缺少的文件，并将无用的文件删除。

在"文件"选项卡中，选择站点，单击右键，在弹出的快捷菜单中选择"同步"命令，如图 10.32 所示，打开"同步文件"对话框。

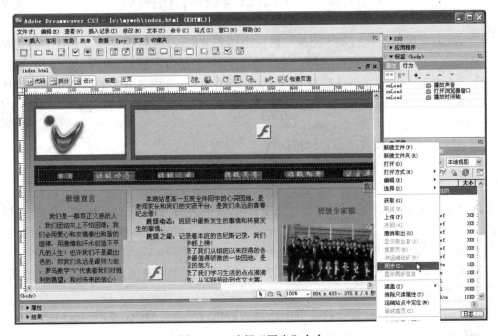

图 10.32　选择"同步"命令

如图 10.33 所示，在"同步文件"对话框中，"同步"文本栏中选择"整个'我爱我班'站点"选项，单击"方向"栏中的 ▼ 按钮，在弹出的下拉列表框中选择"获得和放置更新的文件"选项，单击"预览"按钮。

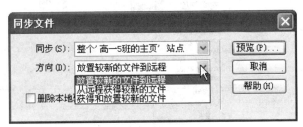

图 10.33　设置同步文件的属性

此时，Dreamweaver 开始自动更新，如果本地文件有改动，会弹出一个将被更新的文件对话框，在对话框中单击"确定"按钮就可以完成更新，如图 10.34 所示。如果没有本地文件与服务器上的文件一致，Dreamweaver 会弹出如图 10.35 所示的没有必要更新的警告框。

185

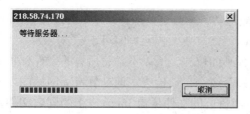

图 10.34 正在与服务器联系

图 10.35 Dreamweaver 警告框

第五节　使用 FTP 软件上传网页

Dreamweaver 可以直接将制作完成的网页上传到 Internet 服务器上。但有一定的局限性，例如，它们的上传功能都不支持续传功能，当由于网络原因而导致上传网页的操作被意外终止，在下次上传时，还需要将计算机上的网站文件与 Internet 服务器上的网站文件进行比较，浪费了一定的时间和资源。并且，在上传网页的过程中，不能直观地看到服务器上的文件以及文件夹的情况。

使用 FTP 软件上传网页可以很好地解决这个问题。

一、配置站点信息

下面以使用 FlashFXP 为例，介绍使用 FTP 软件上传网页的方法。FlashFXP 是一款比较优秀的 FTP 软件，使用它不仅可以将 Internet 上的文件下载到计算机上，还可以将网页文件上传到 Internet 中的服务器上。

在桌面上双击 FlashFXP 图标，就可以启动该软件。在上传网页前，应该先将存放网页的 Internet 服务器的相关信息配置一下。

单击"站点"按钮，在其下拉菜单中选择"站点管理器"命令，如图 10.36 所示。

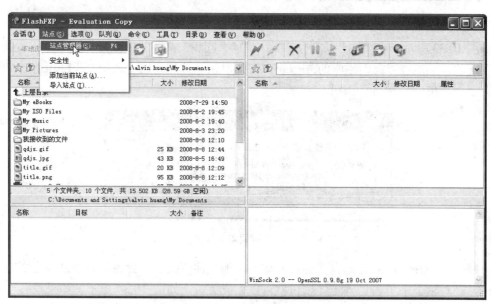

图 10.36 选择"站点管理器"命令

在"站点管理器"对话框中单击"新建站点"按钮，如图 10.37 所示。

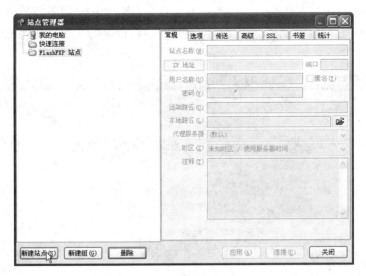

图 10.37 单击"新建站点"按钮

在打开的"创建新的站点"对话框中输入连接名称，此处输入"我爱我班"作为连接的名称，单击"确定"按钮，如图 10.38 所示。

图 10.38 输入站点名称

在"站点管理器"对话框中输入 FTP 服务器的地址以及用户名称和密码等，最后单击"应用"按钮，完成配置，如图 10.39 所示。

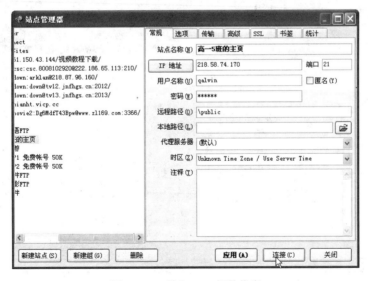

图 10.39 输入 FTP 相关信息

187

二、上传网页

如图 10.40 所示，单击工具栏上的"连接"按钮，在下拉菜单中选择 FTP 站点连接名称

网页制作
三剑客
Dreamweaver、
Flash、
Fireworks
综合实例教程

"杰力电脑培训学校"，该站点在验证用户名和密码以后会显示连接成功的信息，如图 10.41 所示。连接成功后，窗口左边为本地硬盘上的文件，右边为 FTP 服务器上的文件，将左边窗口中的文件拖动到右边窗口就是上传文件；而将右边窗口中的文件拖动到左边窗口就是下载文件。

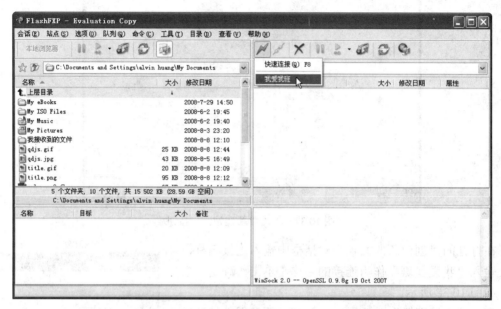

图 10.40　连接 FTP 站点

图 10.41　连接成功

　　如图 10.42 所示，选中网站中所有的文件和文件夹，拖动鼠标，将网站文件拖动到右边的窗口中，松开鼠标，网页文件开始上传，如图 10.43 所示。

　　上传完毕，关闭 FlashFXP。在 IE 浏览器中输入网址，便可以看到上传的网页。

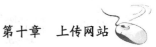

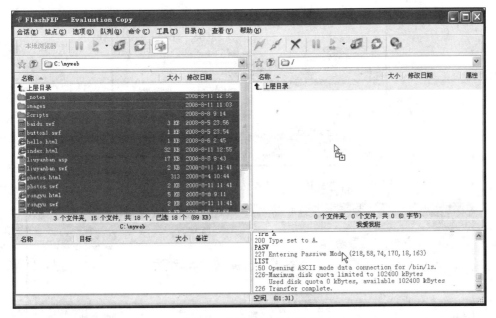

图 10.42　拖动文件到右边窗口

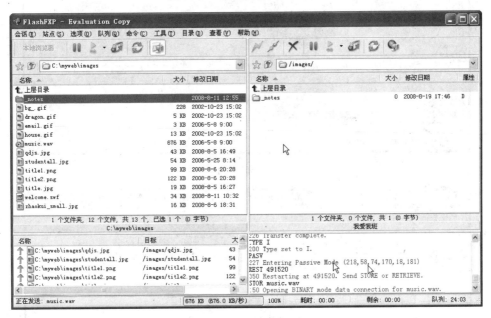

图 10.43　文件开始上传

三、使用 FTP 软件续传网页

如果网页在上传的过程中出现问题，致使网页无法正确上传到 Internet 上时，下一次启动 FlashFXP，就会弹出如图 10.44 所示的"恢复队列"对话框，单击"载入"按钮将任务载入到程序中。

然后在窗口左下角上传任务栏中单击鼠标右键，在弹出的快捷菜单中选择"传送队列"命令，文件即开始续传，如图 10.45 和图 10.46 所示。

网页制作
三剑客

Dreamweaver、
Flash、
Fireworks

综合实例教程

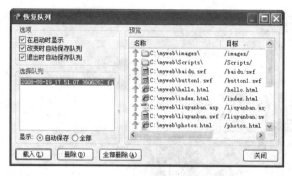

图 10.44　"恢复队列"对话框

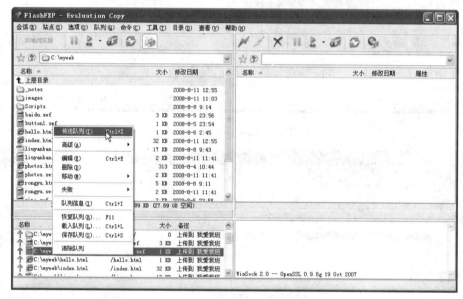

图 10.45　在快捷菜单中选择"传送队列命令"命令

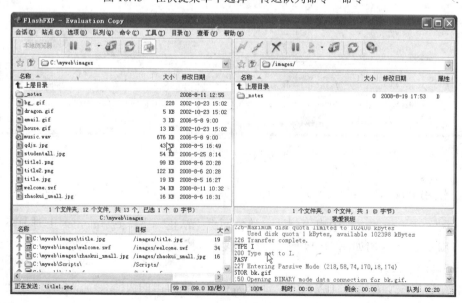

图 10.46　文件开始续传

习　　题

1. 我们用预览功能也能够看到网页的效果，为什么要安装 IIS 服务器呢？

2. Web 服务器的主要作用是什么？

3. 网站管理包括哪两方面的内容？

4. 网页下载时间是什么意思？

5. 怎样将网页下载时间更换成 512Kb/s 速率下的数值？

6. 目前常见的目标浏览器有哪几种？

7. 除了自己建立服务器以外，目前提供网站空间的方式主要有哪两种？

8. 既然有免费网页空间，为什么还有人申请虚拟主机或主机托管服务？

9. 在使用 Dreamweaver 上传网页以前为什么要配置服务器信息？

10. 简述使用 Dreamweaver 上传网页的步骤。

11. 简述使用 FlashFXP 上传网页的步骤。

附录

常用网站地址一览表

一、搜索引擎

1. 中文搜索引擎

http://www.baidu.com	百度
http://www.google.com	谷歌
http://www.sogou.com/	搜狗网
http://cn.yahoo.com	中文雅虎
http://www.soso.com/	搜搜网
http://www.zhongsou.com/	中搜网
http://www.tianwang.com/	天网
http://www.live.com/	live 搜索

2. 特色搜索引擎

http://www.soft8.net/	搜索软件吧（软件搜索）
http://www.wensou.com/	文搜网（文学搜索）
http://news.baidu.com/	百度新闻（新闻搜索）
http://mp3.baidu.com/	百度 MP3（MP3 搜索）
http://image.baidu.com/	百度图片（图片搜索）
http://map.baidu.com/	百度地图（地图搜索）
http://wireless.baidu.com/	百度手机搜索（手机搜索）
http://video.baidu.com/	百度视频搜索（视频搜索）

3. 英文搜索引擎

http://www.search.com/	Search
http://www.lycos.com	LYCOS
http://www.blinkx.com/	Blinkx
http://www.alltheweb.com/	alltheweb

二、中文热门网点

http://www.cnnic.cn	中国互联网络信息中心
http://www.163.com	网易
http://www.sina.com.cn	新浪
http://www.cctv.com	中央电视台
http://www.peopledaily.com.cn	人民网
http://www.xinhua.net.com/	新华网
http://www.chinainfo.gov.cn	中国科技信息

http://www.sc.cninfo.net   天府热线

http://www.chinabyte.com   天极网

http://www.webunion.com   网盟

三、网上博物馆

http://www.sunsite.unc.edu/wm/paint   网上绘画博物馆

http://www.thinker.org   旧金山艺术博物馆

http://www.paris.org/   巴黎博物馆

四、网上教育

http://www.dlc.sjtu.edu.cn/   上海交大远程教育中心

http://www.gre.org   GRE 考试

五、网上图书馆

http://www.lib.tsinghua.edu.cn/   清华大学图书馆

http://lcweb.loc.gov/homepage/lchp.html 美国国会图书馆

http://www.nlc.gov.cn   中国国家图书馆

http://www.szlib.gov.cn/   深圳图书馆

http://www.lib.pku.edu.cn   北京大学图书馆

http://www.library.fudan.edu.cn/   复旦大学图书馆

六、网上报刊

http://www.chinadaily.com.cn/   中国日报

http://www.economicdaily.com.cn/   经济日报

http://www.ittime.com.cn/   IT 时代周刊

http://www.dzwz.org/   读者文摘

http://www.cpcw.com   电脑报

http://media.ccidnet.com/col/2611/2611.html 中国计算机报

http://www.computerworld.com.cn/   计算机世界日报

http://www.cfan.com.cn/   电脑爱好者

http://www.swm.com.cn/   软件世界

http://www.popsoft.com.cn/   大众软件

七、影视网址

http://www.oscar.com   奥斯卡金像奖

http://www.hollywood.com/   好莱坞

http://www2.warnerbros.com/web/main/movies/movies.jsp 华纳兄弟公司

http://disney.go.com/   迪斯尼

http://www.mgmua.com/   米高梅

http://www.fox.com/home.htm	20 世纪福克斯
http://www.cctv.com.cn/	中国中央电视台
http://www.asiatvbiz.com/	亚洲电视
http://www.startv.com/	香港卫视
http://abc.go.com/	美国广播公司
http://www.bbc.com	英国广播公司

八、网上旅游

http://www.whitehouse.gov	白宫
http://www.nps.gov	美国国家公园
http://www.visit.hawaii.org	夏威夷
http://www.francetourism.com	法国
http://www.travel.it	意大利
http://www.atn.com.au	澳大利亚
http://www.louvre.fr/	卢浮宫
http://asiatour.gogocn.com/	亚洲旅游网
http://www.chinavista.com	中国指南
http://china-window.com	中国之窗

九、网上体育

http://www.espnstar.com.cn/new/default.htm	ESPN 体育网
http://www.fifa.com	国际足联
http://www.nba.com	NBA 主页
http://www.weiqi.com.cn	中国围棋网
http://www.sport.gov.cn	国家体育总局
http://www.acmilan.it	AC 米兰俱乐部
http://www.juventus.it	尤文图斯俱乐部
http://www.inter.it	国际米兰俱乐部
http://www.gaf.citic.com/	北京国安俱乐部
http://www.shidefc.com/	大连实德足球俱乐部
http://www.lnts.com.cn/	山东鲁能泰山足球俱乐部
http://www.zhongnengfc.com/	青岛中能足球俱乐部

十、中国高校网址

http://www.tsinghua.edu.cn	清华大学
http://www.pku.edu.cn	北京大学
http://www.zju.edu.cn	浙江大学
http://www.bupt.edu.cn	北京邮电大学
http://www.njtu.edu.cn	北方交通大学

http://www.bnu.edu.cn	北京师范大学
http://www.ruc.edu.cn	中国人民大学
http://www.ccom.edu.cn	中央音乐学院
http://www.crtvu.edu.cn	中央广播电视大学
http://www.tju.edu.cn	天津大学
http://www.nankai.edu.cn	南开大学
http://www.hit.edu.cn	哈尔滨工业大学
http://www.sjtu.edu.cn	上海交通大学
http://www.fudan.edu.cn	复旦大学
http://www.tongji.edu.cn	同济大学
http://www.ecnu.edu.cn	华东师范大学
http://www.nju.edu.cn	南京大学
http://www.ustc.edu.cn	中国科技大学
http://www.sdu.edu.cn	山东大学
http://www.ouc.edu.cn/	中国海洋大学
http://www.hust.edu.cn	华中理工大学
http://www.whu.edu.cn	武汉大学
http://www.lnu.edu.cn	辽宁大学
http://www.nudt.edu.cn	国防科技大学
http://www.uestc.edu.cn	电子科技大学
http://www.cqu.edu.cn	重庆大学
http://www.xjtu.edu.cn	西安交通大学
http://www.nwpu.edu.cn	西北工业大学

Dreamweaver CS3
完美网页设计

内容更全面　实例更精致　网页更漂亮　学习更轻松

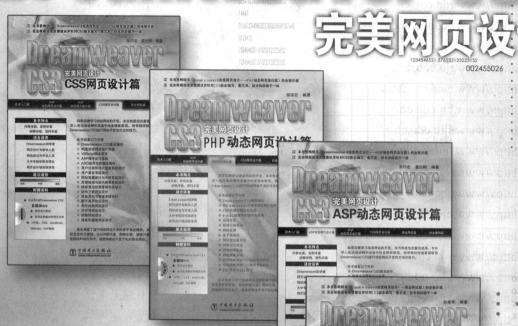

Dreamweaver CS3完美网页设计
——技术入门篇（1DVD）

书号：978-7-5083-6134-5　　定价：49.00元

Dreamweaver CS3完美网页设计
——ASP动态网页设计篇（1DVD）

书号：978-7-5083-6371-5　　定价：49.80元

Dreamweaver CS3完美网页设计
——PHP动态网页设计篇（1DVD）

书号：978-7-5083-6642-5　　定价：45.00元

Dreamweaver CS3完美网页设计
——CSS网页设计篇（1DVD）

Dreamweaver CS3完美网页设计
——商业网站篇（1DVD）

书号：978-7-5083-6641-8　　定价：45.00元

Dreamweaver CS3完美网页设计
——白金案例篇（1DVD）

书号：978-7-5083-6640-1　　定价：45.00元

中国电力出版社
www.cepp.com.cn

中国电力出版社用电技术出版中心
地址：北京市西城区三里河路6号（100044）
电话：010-58383410　传真：010-58383409
E-mail:huang_xiaohua@cepp.com.cn　网址：www.cepp.com

用电技术出版中心读者服务卡

尊敬的读者朋友，感谢您对中国电力出版社图书的一贯支持与厚爱。为了更好地贴近读者，为您服务，请对我们的图书提出宝贵的意见和建议，以帮助我们不断提升图书质量，继续推出更符合读者需求、更实用、品质更高的图书。

通过电话、邮件的方式返回服务卡信息，您将成为我社的正式读者会员，并能更快捷地了解到最新的图书出版信息和优惠购书信息。

姓名_____（必填）　性别_____　年龄□18-20 □20-30 □30-40 □40以上　学历_____
职业_____　职称_____
工作单位_____　部门_____
电子邮件_____（必填）联系电话_____（必填）
通信地址_____　邮政编码_____

1. 您所在单位的类型：
□设计研究院 □大专院校 □政府部门 □学会、协会组织 □产品用户、制造商、经销商 □其他_____

2. 贵单位所属行业：
□电力 □化工 □机械制造 □石油 □水利 □矿山 □纺织 □交通 □冶金 □核电 □电子制造 □其他

3. 您关注、使用的产品类型：
□低压电器 □低压电控设备 □PLC 可编程控制器 □人机界面 □变频器与传动 □伺服步进运动控制 □工控机 □嵌入式系统 □仪器仪表 □大中型控制系统 □工业通讯 □自动化软件 □电子产品 □其他_____

4. 您所购买的图书名称是_____

5. 您所关注的技术热点是_____

6. 您通常是通过何种方式了解、阅读、购买图书的：
□新华书店 □科技书店 □网上书店 □展会 □邮购 □其他

7. 用途：□培训教材 □工作参考 □自学辅导 □其他 _____

8. 您对本书的满意度：
从内容角度：□满意 □一般 □不满意　　从排版、封面设计角度：□满意 □一般 □不满意
从价格角度：□满意 □一般 □不满意，价格定位在多少合适_____

9. 您对本书的建议和评价：□很好 □好 □一般
您的宝贵意见_____
_____

10. 您感兴趣或希望购书的图书有哪些：
_____

11. 您是否愿意收到我社相关的图书目录：□是 □否

12. 您经常关注的杂志和网站是哪些：
_____

13. 贵单位是否重视技术人员的职业再培训：□是 □否
通常以何种方式进行培训 □单位自己的培训机构 □请相关专家来培训 □外派到专门的培训机构
如果可以，您希望参加哪种技术培训：
□PLC □变频器 □DCS □现场总线 □组态软件 □数控机床 □中低压电器技术 □电气维修 □其他___

14. 您希望成为我们的作/译者吗？□是 □否
您准备编写的图书名称是：_____

地址：北京市西城区三里河路6号 中国电力出版社用电技术出版中心（100044）
电话：010-58383411 Email：zhi_hui@cepp.com.cn 网址：www.cepp.com.cn www.infopower.com.cn